식인종들

Die Kannibalen George Tabori

Die Kannibalen
by George Tabori

독일현대희곡선 **11** 총서 기획 이정준

식인종들

조지 타보리 지음 | 김화임 옮김

성균관대학교출판부

지난 1999년 4월에 발간된 독일현대희곡선 I이 1890년경부터 1980~90년대까지의 극을 소개했던 것에 비해 이번에 발간되는 독일현대희곡선 II는 좀더 최근의 경향에 집중하고자 1960년대 이후부터 최근 2000년경까지 발표된 극을 선별하였습니다. 물론 이 두 희곡선 사이에 시대적으로 중복되는 부분이 있기는 하지만, 보다 다양한 작품을 소개하기 위해서 두 희곡선 사이에 작가가 중복되지 않도록 했습니다. 이 두 희곡선이 발간됨으로써 19세기 말부터 20세기 전체를 아우르며 독일 언어권 전체를 포괄하는 희곡선이 탄생했다고 하겠습니다. 다만 번역 실행 단계에서 롤프 호흐후트Rolf Hochhuth의 『대리인 *Der Stellvertreter*』(1963년 초판 이후 2002년 현재 35판)이 본 희곡선 기획에는 무리할 정도의 두꺼운 분량인 360여 쪽이어서 다른 작가로 대체된 것이 못내 아쉽기는 합니다.

드라마는 어떤 특정 시대와 사회를 대표하는 기능이 있습니다. 당면한 근본 문제와 갈등이 무대 위에서 묘사되고 표현되며, 또 관중들도 그것을 근본적이면서 중요한 것으로 인지하고 동의하기 때문에 그렇다고 말할 수 있을 것입니다. 설령 지적된 문제에 대하여 동의하지 않아 스캔들이 발생하기도 하지만, 기획자는 그것 자체가 문제를 인지하고 동의해가는 과정이라고 생각합니다. 이렇게 드라마가 '시대의 거울'이라는 점에서 독일 현대 희곡을 선별하여 소개한다는 것은 독일 현대 사회와 그 정신문화를 조명해 알리는 작업의 일환이라고 하겠습니다. 독일현대희곡선 I과 II는 20세기 독일 언어권 드라마의 경향을 이해하고, 그것을 통해 그 사회와 문화를 이해하고자 하는 데에 궁극적인 목적을 두고 있습니다. 모두 서른아홉 작가의 42편 작품 모두가 그때그때의 대표적 작품이라고 할 수는 없을지라도 이 작품들로 예술가들의 눈에 비친 20세기 독일어권의 여러 다양한 단면과 그 특성이 그려지리라 확신합니다.

일정 기간 동안의 한 문화를 소개하겠다는 목적을 가진 기획이기에 작품 선정의 기준과 그것의 적절성이라는 문제가 제기될 수 있을 것입니다. 더욱이 이런 기획이 한 사람에 의해 이루어질 때에는 더욱 그러할 것입니다. 외국의 모습을 우리의 눈으로 우리의 감각에 맞게 선별적으로 비추어볼 수도 있겠고, 기획자 손에 닿는 대로 작품을 선정할 수도 있을 것입니다. 그러나 기획자는 가능한 한 치우침 없이 있는 그대로 다양하게 전하여 소개하는 것을 번역 기획의 덕목으로 삼았습니다. 그래서 지나친 임의성을 피하기 위해 그동안 독일 문화권의 극장계에서 문제되었던 작품들을 발굴

하는 것이 관건이었는데, 그것을 위해서 독일 연구서들의 도움을 받을 수밖에 없었습니다. 사실 거론된 그 작품들 하나하나를 읽고 연구하여 최종 선별해야 함이 원칙이겠지만, 그러기에는 기획자 한 사람의 능력으로는 힘이 모자라 이 역시 기존 연구서를 참고하는 것 외에는 별다른 방도가 없었습니다. 특히 최근에 발간된 『20세기 독일 희곡 작가 *Deutsche Dramatiker des 20. Jahrhunderts*』 (Hrsg. v. Alo Allkemper und Norbert Otto Eke. Berlin: Erich Schmidt Verlag, 2000)를 기본서로 하여 작가와 작품을 선정하였습니다.

벤야민은 번역이란 정보 제공의 의미를 넘어 원본의 새로운 부활을 의미한다고, 즉 그 작품에 새로운 삶을 제공하는 일이라고 말한 바 있습니다. 이러한 의미에서 독자 역시 번역물에서 단순히 새로운 것을 만나는 기쁨만을 얻을 것이 아니라, 그 속에서 독특한 문학의 맛까지 느낄 수 있었으면 좋겠다는 욕심도 내어보았습니다. 번역에는 반드시 오역이 따르기 마련이기는 하지만, 이것을 옥의 티로 눈감아준다면 발간되는 번역 작품들이 이러한 욕심을 만족시켜주리라 믿어 의심치 않습니다.

또한 독일 드라마에 대한 새로운 연구의 출발점이기도 한 이 번역 기획은 우리 학계와 연극계에 독일 연극에 대한 다양하고 심도 있는 담론 형성의 기회를 담보하고자, 독일 희곡 전공자들 중에서 지난 독일현대희곡선 I에 참여했던 분들을 제외하여 이 두 희곡선의 번역자 수를 최대한 확장하였습니다. 유감스러운 것은 이번 기획도 20권이라는 한정 때문에 많은 훌륭한 전문가들을 모두 번역자로 모시지 못했다는 점입니다. 아직은 어렴풋이나마 구상 중인 독일근대희곡선 I, II, III에서는 그 분들을 모실 수 있으리라 기대해봅니다.

어려운 여건 속에서도 독일현대희곡선 기획을 두 번씩이나 채택해준 성균관대학교 출판부에 감사를 드리며, 또 어렵고 불만스러운 상황 속에서도 기꺼이 번역에 응해주신 선생님들께 심심한 감사의 말씀을 드립니다.

2003년 7월
총서 기획자 이 정 준

식인종들

이 연극은 성대한 연회에 참석한 사람들의
유복자들과 두 명의 살아남은 자들에 의해
전달되는 기묘한 회식 모임 이야기이다.
사실을 알게 된 것은 두 명의
살아남은 자들 덕분이다.

코르넬리우스 타보리를 추모하며,
아우슈비츠에서 죽은
식탐이 적은 사람.

장면

검은 색깔의 공간. 긴 의자들과 간이의자를 갖춘 긴 탁자. 세 개가 겹쳐져 놓여 있는 나무 침상의 커다란 강관 침대 버팀목. 낡은 오븐. 문 하나. 소변통으로 이용되는 큰 냄비.

제1막

확성기에서 죽어가는 사람들이 자신들이 좋아하는 음식을 큰 소리로 외치는 소리가 난다.

온켈이 등장한다. 탁자에서 흰 장갑 한 쌍을 집어들어 손에 끼고, 탁자 옆에 앉는다. 음악이 나직하게 울린다. 취주악단이 폴카를 연주한다.

서로 다른 방향에서 차례차례 손님들이 등장한다. 그들은 공간에 흩어져, 귀를 기울인다. 확성기에서 외치던 소리가 그친다. 웃음기가 가신 얼굴로 모두 부동의 자세를 취하고 관중을 쳐다본다. 음악이 점점 커지다가 수용소 사이렌 소리에 의해 갑작스럽게 중단된다. 마치 꼭두각시 인형들처럼 눈 깜박할 사이 나무 침상으로 기어들어가 잠을 자려고 눕는다.

수탉이 운다.

푸피가 일어나 앉는다. 조심스럽게 자신의 나무침상에서 기어내려와 발가락을 세우고 구석으로 살금살금 걸어간다. 앉는다. 주위를 둘러본다. 겨드랑이에서 빵 한 조각을 꺼낸다. 만지고, 냄새 맡고, 그것에 입을 맞춘다. 수탉이 두 번 운다. 푸피가 빵 조각을 떼어내 씹기 시작한다. 빵이 딱딱하다. 소음을 피할 수 없다.

푸피 아지작

(차례차례 다른 사람들이 일어나 앉는다)

아지작

(다른 사람들이 귀를 기울인다. 감히 자신들의 귀를 믿지 못한다)

클라웁 저기 누군가, 뭔가 먹고 있어요.

(클라웁, 고올로스, 집시가 먹는 자를 찾기 시작한다. 그들은 가만히 있다가, 살피다가, 귀를 기울인다. 빵 부스러기가 입 안에 있는지 검사하려고 완력으로 하아스의 입을 벌린다)

푸피 아 — 아 — 아 — 지작.

(그들이 몸을 돌린다. 푸피를 바라본다. 개들처럼 턱에서 침이 떨어진다. 랑이 의식을 잃는다)

아지작

(푸피가 그들을 알아본다. 그 자리를 피하려고 한다)

클라웁 저놈 잡아!

(그들이 푸피를 급습한다. 온켈만이 격투를 저지한다. 푸피의 짧고 날카로운 소리)

온켈 유치한 사람들, 그래서는 안 돼.

(푸피를 눕혀 놓은 채, 노획한 빵 부스러기를 들고 서둘러 자신들의 자리로 되돌아간다. 게걸스럽게 쩝쩝대며 먹는다)

그렇게 한다고 무슨 소용이 있겠나. 도대체 자네들이

손에 넣은 게 뭔가? 한번 보여 보게!

(클라웁이 그에게 빵 한 조각을 가리킨다)

그것이 그럴 만한 가치가 있었던가? 부끄럽지들 않아?

나에게도 조금만 주게나.

(다른 사람들이 먹다 말고 놀라서 쳐다본다)

빵이 얼마나 맛있는지 궁금할 따름이네.

(클라웁이 그에게 아주 조금 떼어준다. 그가 먹는다)

자네 이 빵이 뭐로 되었다고 생각하나, 옥수수 아니면 호밀?

클라웁   (맛보는 소리를 낸 후에) 호밀이오.

온켈   (똑같이 한 후에) 내가 맞는다면 소량의 캐러웨이가 들어 있네.

클라웁   (똑같이 한 후에) 맞습니다.

온켈   솔직히 너무 맛있구먼. 푸피, 조금만 주겠나?

고울로스   죽었어요.

(그가 발로 푸피를 건드린다. 푸피가 무대 앞 가장자리까지 구른다)

히르쉴러   죽기 전까지만 해도 아주 건강해 보였는데.

온켈   자네들이 저지른 행위가 뭔지 알겠는가? 짐승들 같으니! 돼지도 견디지 못하네, 개도 견디지 못하고, 파리들도 죽어서 땅에 떨어지고 말 거야.

클라웁 (파리 한 마리를 쫓으면서) 요놈, 요놈.

온켈 인간만이 견딘다네… (집시에게) 미안하네만, 오줌 좀
     눠야겠네.

     (집시가 그를 위해 오줌통에 자리를 마련해준다)

     견딜 수 있는 길은 단 하나뿐이지. 친절함 말이네. 경비
     서는 사람들에게조차 장교님이라고 부르는 것 말이네.
     하지만 그래서는 안 돼, 안 되고말고. 자네들도 그렇게
     된다면 곧 죽고 말 것이네 ─ 혹시 빵 한 조각 남아 있나?

클라웁 없어요.

온켈 오늘은 전혀 미동하지 않는군. (위를 향하여, 신에게) 아
     직도 아닙니까? 그렇다면 도대체 언제란 말입니까?─
     라마세더, 내가 마지막으로 소변 보았던 게 언제였지?

라마세더 월요일이오.

온켈 맙소사, 시간이 그렇게 지나갔어!─누가 휘파람 좀 불
     어주겠나?

     (그들이 '양키 두들'을 휘파람으로 분다)

     다음번에는 더 많은 행운이 뒤따르소서.

집시 (깡통에서 냄비에 물을 조금 부으면서 건강하고 힘차게 소변
     보는 자를 시늉한다) 의지가 있는 곳에 길이 있나니!

     (다른 사람들 박수 친다)

클라웁 (파리 한 마리를 쫓으면서) 요놈, 요놈.

(파리를 잡으려 하나, 온켈이 그를 약간 앞선다)

온켈 (개가를 부르며) 요놈, 요놈.

(다른 사람들은 박수를 친다)

라마세더 그거 제가 가져도 돼요, 온켈?

온켈 네놈은 파리나 잡아, 이 망할 놈아!

다른 사람들 (충격을 받고) 저런!

온켈 잠깐, 미안하다. 이리 오렴, 라마세더. 나 너한테 실망했다. 겨우 12살이라는 사실은 알고 있다. 그렇지만 그것은 구실이 못 된다. 너 계속 규칙을 위반하고 있더구나. 얼마 전 급식 수령하던 날 밤 너를 지켜봤었다─그런데 공식적으로 저녁 식사를 제공받은 지가 언제지, 한 달 전이었나?─너는 식사 당번이 커다란 냄비를 든 채 정원을 지나오는 걸 보자 몸을 구부리고 살그머니 맨 앞줄로 몸을 밀어넣더구나. 꽁무니에 서 있는 것이 더 좋다는 사실은 잘 알잖아. 냄비 밑에 깔린 수프가 최고라는 것 말이다. 너는 도대체 배우려고 하질 않아? 말 좀 해보렴.

(그가 라마세더의 입 안으로 파리를 집어넣는다. 라마세더가 씹는다)

히르쉴러 (씹는 움직임의 리듬으로) 요놈, 요놈.

온켈 (푸피의 시체 옆에서 머리와 어깨 주위에 이불을 던져 놓고,

'카디시(상중에 죽은 이의 명복을 비는 유태 기도)'와 흡사한 소리를 내면서) 여기 고귀한 한 인간이 삶을 마감하였습니다. 그의 친구들의 도움이 없지 않았지요. 푸피 핀쿠스, 고이 잠드소서. 유럽에서 두번째로 뚱뚱한 남자였답니다. 대단한 업적이지요. 우리 유태인 놈들을 얼마나 잘 부양했는지 후세에 증명할 목적으로 간수들은 이 사람을 즐겨 찍었지요. 이 사람은 자식을 사랑하였고…

헬타이   (홍얼대는 가락에 끼어들면서) 자식들…

온켈   …부자가 되었던 것은 거위들을 사육하고 거위들을… (중단한다)

히르쉴러   (홍얼대는 가락을 거든다) 간이라고…

온켈   …모든 문명국가들에 수출되었다네. 그러니까 전 세계로 수출된 것이지.

집시   (중단시키면서) 알겠어요. 알겠다고요. 됐으니 이제 거위 간에 대해서나 말씀해 주시죠.

바이스   그가 간을 전체로, 그러니까 간으로, 아니면 거위 간 파스타로 수출한 것입니까?

(휴지)

푸피   (잠시 다시 되살아난다) 전체로요.

집시   뜨거운 토스트에 버터를 발라 지금도 부유한 어떤 놈이 처먹고 있겠죠.

온켈 그 사람 묘비명에는 "이 사람은 자신의 동포를 먹었습
니다"라고 씌어져야 할 것이네.

다른 사람들 아멘.

랑 오, 주여! (기절한다)

온켈 (푸피 위로 이불을 내던진다) 자, 뭣들 하는가? 밖으로 실
어내 민들레 사이에 묻어주게들.

(주저하면서 다른 사람들, 푸피의 팔과 다리를 붙잡는다)

클라웁 잠깐만.

(그가 천천히 이불을 벗긴다. 글라츠가 그 장소를 떠나려 한다)

앉으시죠.

글라츠 알겠네.

(바이스가 푸피의 배를 노출시키고, 노련하게 만진다. 하아스
가 기침소리를 낸다. 바이스가 푸피의 신발과 양말을 벗기고,
장딴지를 만지며 클라웁과 시선을 교환한다. 모두 마력에 사
로잡힌 듯 쳐다보고 있다. 바이스가 발을 떨어뜨리고, 푸피가
발가벗겨진다는 신호를 보낸다)

클라웁 (그 사이에 앞쪽으로 나와 관객 앞에 몸을 굽힌다)

장래의 의학도로서 여러분들에게 설명하겠는데 나쁜
결과는 전혀 염려할 필요없습니다. 가령 변비, 위점막
염, 토사곽란 같은 것 말이죠. 찌거나, 끓이든가, 잘 튀
겨서 요리가 제대로 되었을 경우에 말입니다. 당연히

잘 씹는 것도 전제가 되어야지요. 모든 음식은 잘 씹어야 합니다. 6번 혹은 7곱 번 씹는 것이 맛을 내는 데 가장 좋고, 영양 가치도 높게 하지요. 물론 그 차이는 별 것 아니지만요.

온켈   자네들이 뭘 하는지, 알아도 되겠나?

클라웁   불을 지피고 있는데요.

고울로스   추워요.

클라웁   오븐이 작동하지 않거든요.

온켈   이미 몇 주 전부터 작동하지 않네.

집시   그런데 어제부터는 눈이 내리고 있어요.

온켈   자네들 장작 어디서 가져왔나?

     (집시가 이해 못하는 듯한 행동을 한다)

집시   찾아냈지요.

온켈   찾아냈어?

랑   나무 침상 21에서 뽑아 왔어요.

     (집시가 랑의 배를 때리고, 랑이 넘어진다. 히르쉴러가 그의 위로 이불을 내던진다)

온켈   자네들 미쳤나? 그 젊은 주인은 어디서 자란 말인가?

고울로스   빈 나무 침상은 널려 있습니다.

온켈   그렇지만 그것은 그 젊은이의 나무 침상이었잖은가, 그가 가진 유일한 것이란 말이네!

클라웁   알트쇼의 나무 침상을 가지면 됩니다. 그런데 당겨지질

        않는군요.

온켈   알트쇼은 언제든 병원에서 돌아올 수 있네.

클라웁   아니요. 그는 돌아오지 못합니다.

        (고울로스가 성호를 긋는다)

집시   그는――(위를 향해 손 키스를 보낸다)――모든 것을 유

        념하고 있을 테죠.

랑   (아주 작은 당근을 높이 쳐든다) 이 작은 당근, 맛이 최고

        랍니다.

바이스   (앞치마를 몸에 두르고) 소금은 있고요.

온켈   그런데 그 우스운 복장은 어디서 난 겐가?

바이스   푸피의 속옷인데요, 무슨 이의 있습니까?

온켈   무덤이 준비될 때까지 기다릴 수 없었나?

클라웁   무덤은 필요없습니다.

        (하아스가 기침을 하면서 큰 냄비를 들고 온다. 냄비를 오븐

        에 올려놓는다)

고울로스   냄비는 깨끗이 닦아 눈으로 채워 놓았소.

온켈   (오븐 위에서 냄비를 밀어낸다. 꽝음과 함께 냄비가 앞으로

        굴러 떨어지고, 하아스가 그것을 막는다)

        그만들 둬. 계속하게 둔다면 지옥 불구멍으로 들어가고

        말겠네.

클라웁	(하아스에게) 다시 제자리에 올려놓으시죠.
	(하아스가 냄비를 되돌려 놓으려고 하는데, 갑작스럽게 온켈이 가져다 놓는다)
온켈	너는 도시에서 저주받고, 경작지에서 저주받을지어다. 너의 광주리와 너의 반죽통도 저주받으리라. 너의 후손도 저주받을 것이고, 안으로 들어가든, 밖으로 나가든 너는 저주받을 것이로다!
바이스	실례지만 칼 어디 있죠?
온켈	무슨 칼 말인가?
클라웁	집시가 그리스인을 죽이려고 하던 날 우리가 당신을 신뢰한다는 징표로 당신에게 넘겨주었던 그 칼 말입니다.
집시	가병사假兵舍에 있던 유일한 칼이었지요.
온켈	(냄비 주위에 앉는다) 본 적 없네.
클라웁	제가 몸소 당신에게 주었는데요.
히르쉴러	저 사람 나무 침상을 샅샅이 조사해봐요.
	(몇몇이 찾기 시작한다)
헬타이	저 사람 발에 동여매고 있었소!
	(찾던 일을 그만두고 그들이 온켈에게 접근해간다)
온켈	(냄비 있는 곳에서 벌떡 일어나 길고도 붉은 부엌칼을 흔들면서) 자네들, 뭣 때문에 이걸 가지려 하나!
클라웁	아이는 내보내시오.

온켈   아이는 내보내라고? 우습구먼! 저 아이가 모르는 게 있

단 말인가?

비처럼 하늘에서 떨어지고 있는 게 뭐냐?

라마세더   재요.

온켈   알트슐이 자기 똥을 먹고 있을 때 너는 어디 있었지?

라마세더   바로 옆에 있었는데요.

온켈   이 아이를 밖으로 내보낼 필요가 없다고 보네.

클라웁   칼 제게 주시죠, 네?

온켈   그럴 생각 없네.

클라웁   그렇다면 빼앗아야겠군요.

(그가 온켈에게 다가가 칼을 붙잡는다. 히르쉴러가 그 사이로 밀

고 들어온다. 온켈의 팔을 잡고 그를 반대편으로 데리고 간다)

히르쉴러   온켈, 들어보시죠. 사태를 정확히 보셔야죠. 케이크는

너무 작아 모두에게 충분치 못합니다. 당신이 드실 때

마다 당신은 다른 한 사람의 빵을 탈취하는 것이지요.

당신이 이렇게 자만하고 있는 지금 이 순간에도 인도에

서는 몇 백만이 굶주려 죽고 있어요. 저희는 오늘 우연

히 가장 고상한 해결책을 찾은 것입니다. 묘지는 맛있

는 먹을거리들로 가득 차 있어요. 오븐을 달구기만 하

면 됩니다. 개울마다 살찌고 어여쁜 자살자들의 시체가

둥둥 떠다니고 있으니까요. 이렇게 무제한적으로 사용

할 수 있는 재료들이 이용되지 않은 채 산재해 있다고 요! 언제나 똑같은 형편없는 음식에 진저리나지 않습니까? 주둥이에 레몬을 넣은, 아주 잘 튀겨낸 돼지고기 어떻습니까, 네!

랑 온켈, 정신 차려요!

헬타이 온켈, 우리 바이스 님 말씀 좀 들어보세요!

히르쉴러 바이스 님!

(바이스가 천천히 걸어나온다)

헬타이 바이스 님, 당신의 유혹적인 요리법 한번 보여주시죠.

(다른 사람들의 부추기는 소리)

바이스 이런, 야단났네. 이미 오래된 일인데요. 이전엔 300개의 요리법을 외울 수 있었습니다만. 모두 준비된 상태로 말이죠.

(손가락을 튕겨 소리를 낸다. 다른 사람들의 부추기는 소리)

약한 불로 끓인 송아지 콩팥!

(박수갈채, 환호성, 신음 소리, 침을 질질 흘리기)

약한 불로 끓인 송아지 콩팥. 간단히 데쳐낸 콩팥을 잘게 자르고, 레몬즙을 뚝뚝 떨어뜨린 후 질 좋은 버터를 넣고, 구운 고기에서 나온 즙과 소금, 후추, 잘게 자른 샐러리, 잘게 간 양파와 함께 살짝 구워내지요. 냄비의 뚜껑을 덮고 약한 불로 끓이고, 다시 한 번 소금으로 맛을 내고, 두 숟가락의 셰리를 넣으면 완성입니다!

(다른 사람들의 박수갈채, 외침)

집시   너무 행복해서 죽을 지경이오!

온켈   (자신도 유혹당한 채) 너희들은 먹어야만 하리라. 하루,
이틀, 20일간 굶는 것이 아니라, 한 달 내내 먹어야 하리
라. 콧구멍으로 먹은 것이 나오고 구역질을 할 때까지.
너희들은 너희들 가운데 존재하는 너희들의 신, 주를
배반했기 때문이로다!

집시   주둥이 닥쳐요. 주둥이 닥치라구. (온켈에게) 주둥이 닥
치라고 말하지 않았소! (온켈의 위협적인 몸짓에 나무 침상
뒤로 피하면서) 하나… 둘… 셋… 입 닥쳐!

(다른 사람들이 끼어든다. "주둥이 닥쳐"라는 소리를 날카롭
게 외치면서)

온켈   (소란을 등지고) 내 적수들의 언변이 날마다 나를 거역하
며 활약하고 있구나! 자 저렇게, 앉아 있거나 서 있거나,
저들은 노상 같은 이야기지요!

(푸피에게 달려가 그의 처진 팔을 높이 쳐든다. 클라웁이 그
를 뒤따라가 조용히 하게 하려 하나 되지 않는다)

독수리가 너희들 지붕 위에 서식하고, 족제비가 너희들
의 침대에 서식하도다!

(모든 사람들의 소란)

얼굴이 둥근 미치광이가 너희들의 꿈에 공포를 일으키고, 피 흘리는 커다란 손가락으로 너희들의 눈을 찌르리라! 너희들은 너희들의 아버지를 도살하여 너희들 식탁 위에 올려놓고 있다. 마지막 숨을 거둘 때까지 나는 이런 잔혹함에 대항할 것이다!

고울로스 (숨이 차서) 숨이라고? 무슨 숨 말이오? 마지막 숨이라고 했어요? 오, 표현이 멋져요. 그런데 말이오. 우리는 당신의 흰 장갑에 감명을 받았어요. 그렇지만 나는 배가 고파요. 이해하시겠어요? 나는… 배가… 고프다니까요! 멋져요. 그렇지만 다시 한 번 냄새나는 입을 연다면 대가리를 부셔버리겠소! (그가 의자를 잡고 온켈의 머리에 던지려고 한다. 비틀거리며 관객에게) 그는 결코 힘이 센 사람은 아니었답니다. (의자를 넘어뜨리고 그 위로 넘어진다)

헬타이 온켈, 이 경우 저도 당신에게 전적으로 동감합니다. 하지만 건강상의 이유 때문이죠. 푸피는 저의 위궤양에는 너무 기름지거든요.

바이스 잘 익힌다면 아무런 해가 되지 않아요.

헬타이 (당혹하여) 뭐라고? 그렇지요, 그렇게 본다면…

클라움 그럼 됐소. 온켈, 칼 제게 주시죠?

온켈 (칼을 높이 쳐들고 클라움에게) 눈 속에 파묻고 말겠네. 자네가 찾지 못하도록 말이네!

(온켈이 몸을 돌리는 동안 클라웁이 칼을 붙잡는다. 매우 느린 속도로 모두가 엉클어지는 싸움이 전개된다. 온켈이 다른 사람들을 떠밀고 그들을 넘어뜨린다. 개별 싸움들이 전개된다. 온켈이 뒤로 기어가 똑바로 서서, 칼을 손에 넣는다. 히르쉴러가 그를 붙잡고 주먹으로 친다. 헬타이가 칼을 손에 쥐고 그것을 다시 바이스에게 넘겨준다. 바이스가 칼을 가지고 냄비 있는 데로 기어가기 시작한다. 잇달아 온켈이 라마세더의 부축을 받고 비틀거리며 나무 침상 쪽으로 걸어가 힘겹게 기어오른다. 다른 사람들, 지친 나머지 바닥에 누워 있다. 히르쉴러와 헬타이가 한 걸음 걸어나와 담배에 불을 붙인 후 의자에 앉는다. 그들은 서로 말을 하기도 하고, 또 관객에게 말을 하기도 한다. 밖에서는 바람 소리가 난다)

히르쉴러 이 격투에서 특징적인 것은 말이네 ㅡㅡㅡ

헬타이 격투라고? 나는 그것을 격투라고 표현하고 싶지 않네만.

히르쉴러 내가 말하려고 했던 것은 ㅡㅡㅡ

헬타이 미안하네, 내가 자네 말을 중단시키려는 것은 아니었네만.

히르쉴러 어떤 스포츠나 앵글로 색슨 족의 의미에서의 격투는 분명 아니었어. 전적으로 유태인적인 것과 깊은 관련이 있지 ㅡㅡㅡ

헬타이 서툴렀다는 건가?

히르쉴러 아니! 말해도 되겠나?

헬타이 그럼, 그럼.

히르쉴러 차라리 그것은 난투였네 — 조심스럽고, 악몽 같고, 비현실적인.

헬타이 물속에서의 싸움처럼.

히르쉴러 그렇네, 일격을 가했지만, 가해지지 않았어.

헬타이 그래? 청년 랑은 코피를 흘렸지.

히르쉴러 오, 주여! 청년 랑과 그의 코! 코는 피가 잘 나지. 무슨 일이냐고 사람들이 말했어. 코에서 피가 나기 시작한 거네.

헬타이 온켈은 넘어졌지.

히르쉴러 말하려는 게 뭔가? 온켈은 늙었기 때문에 넘어진 거야.

헬타이 아니었네. 얼굴에 주먹을 맞았기 때문에 넘어졌지.

히르쉴러 그래? 전혀 기억을 할 수가 없구먼.

헬타이 기억할 수 없단 말인가, 왜 그럴까? 그를 때린 사람이 바로 자네였기 때문일 테지.

히르쉴러 나라고? 뭐라고 하는 게야! 난 전혀 모르겠네.

헬타이 그에게 달려든 건 자네였어 — 이렇게 말이네!

히르쉴러 그래 그렇다고 하세, 그렇지만 그렇게 세게 때릴 수는 없었네. 주먹으로 스쳤다고 할까?

헬타이 스쳤다고? 자네는 그 사람 머리통을 부수어 놓을 정도

였네!

히르쉴러 　배가 고팠어.

헬타이 　그래, 자네 배가 고팠던 것은 분명해. 우리 모두 배가
　　　　　고팠지. 그래서 푸피를 자르려고 그에게서 칼을 빼앗았
　　　　　던 것이고. (그가 손을 입에 가져간다)

히르쉴러 　자네는 아직도 그것을 생각하고 있는 겐가?

헬타이 　아니.

　　　　　(바닥에 누워 있는 모든 사람들로부터 큰 트림 소리)

히르쉴러 　도대체 자네 왜 그래? 이미 25년이 지난 일인데.

　　　　　(가장 높은 나무 침상에 온켈이 잠들어 있다. 냄비 뒤쪽에서
　　　　　바이스가 일어나 칼을 갈기 시작한다)

헬타이 　그래 바로 나였네. 내가 그에게서 칼을 빼앗아 바이스
　　　　　에게 넘겨주었어.

　　　　　그리고 바이스가 오븐에서 칼을 날카롭게 만들었지.

바이스 　킥킥.

히르쉴러 　바이스? 바이스라고? 도대체 어떤 사람이었더라?

　　　　　(냄비 뒤에서 바이스가 손짓을 한다)

헬타이 　바이스는 요리사였네.

히르쉴러 　자네가 뭘 말하는지 도대체 알 수가 없네.

헬타이 　자네 잠 좀 푹 자야겠군.

바이스 　킥킥.

히르쉴러 자네 처는 어떻게 지내나?

헬타이 차라리 묻지 말게.

히르쉴러 내가 도대체 어떻게 해야 한단 말인가? 채식주의자가 되라고? 고통을 한 번 당해본 사람은 더 이상 당하려 하지 않는다네. 이미 위험한 상황에 처했었기 때문이지. 고통을 당했던 그 사람들도 지금은 편안해졌어.

(휴지)

그건 그렇고, 나는 더 이상 먹지 못하는 것이 있네. 일전에 맥도갈 거리에 있는 스페인 하급 유흥장에 간 적이 있지. 거기에는 그 집의 특별메뉴인 완전히 구워낸 새끼 돼지가 있었다네. 기름지고 주름잡힌, 소름끼치도록 실재와 흡사했지. 한 마리 돼지처럼 보였네. 내가 돼지갈비를 싫어한다는 것은 아니네. 돼지갈비라고 하면 좀 추상적이지. 다른 어떤 것일 수 있다는 것이네. 돼지갈비를 보고 나는 꼭 돼지를 생각하지는 않거든.

바이스 킥킥.

(푸피를 뒤로 잡아끌기 위해 클라웁이 일어선다)

헬타이 오늘 에디의 쉬넬임비스에 갔었다네.

히르쉴러 도대체 어떤 곳 말인가?

헬타이 고속도로 옆에 있는 곳 말이네.

히르쉴러 (성급하게) 그래, 그런데 도대체 어떤 곳?

헬타이　출구 8-A말이네.

히르쉴러　아, 그래.

헬타이　음식점을 좋아하거든. 웃지 말게―에디의 쉬넬임비스
　　　　를 좋아한다는 것이네.

히르쉴러　(웃는다) 웃지 않았네.

헬타이　친절하고 분위기가 좋거든.

히르쉴러　뭘 먹었는데?

헬타이　바나나―스플리트. 에디에 가면 나는 언제나 그것을 주
　　　　문한다네.

히르쉴러　그 이전에는 아무것도 주문하지 않나? 클럽―샌드위
　　　　치라든가? 샤쉴크? 비프 송아지 슈니첼 같은 것 말이
　　　　네?

헬타이　내 날씬한 몸매를 생각해야지.

　　　　(그들은 웃으며 배를 두드린다)

바이스　킥킥.

히르쉴러　그런데 자네는 왜 바나나 스플리트를 주문하는 겐가?

헬타이　그냥 다른 것을 할 수가 없다네. 에디 임비스에 들를 때
　　　　마다 그냥 들어가 바나나―스플리트를 주문한다네. 카
　　　　운터로 비집고 들어가 넥타이를 느슨하게 한 후 칼은
　　　　옆으로 치워 놓지.

바이스　킥킥.

히르쉴러　물론 칼은 옆으로 치워놓겠지.

헬타이　그게 뭐가 당연하다는 겐가?

히르쉴러　바나나 – 스플리트를 칼로 먹는단 말인가?

헬타이　내가 칼을 치우는 것은 그런 이유에서가 아니네.

바이스　킥킥.

（휴지）

히르쉴러　나는 에디 임비스에 들르면 크림이 든 딸기를 먹는다네.

헬타이　맛에 대한 취향은 각각이니까.

（히르쉴러가 바닥을 쳐다본다. 그런 다음 변화된 얼굴을 하고
일어난다. 마치 불구자인 듯 입을 비틀고 직접 관객에게 말을
한다）

히르쉴러　첫번째 뇌졸중 이후 저는 한동안 말을 할 수 없었습니
다. 크리스마스가 지난 후 여섯번째 블럭에는 열두 명
의 남자들이 남았지요. 그들 중 두 명이 살아남았답니
다. 헬타이는 장난감 공장을 운영하고 있고, 저는 롱 섬
에서 산부인과 의사를 하지요. 잘 살아가고 있습니다.
자동차가 두 대이고, 온갖 편리한 시설을 갖추어 놓고
있으며, 정원에서는 그릴을 즐기지요.

바이스　킥킥.

（하아스가 클라움을 돕기 위해 온다. 그들은 함께 푸피의 시
체를 뒤로 끌고 간다. 바이스가 냄비 뒤편 연단에서 내려와

그들을 기다리고 있다. 집시가 푸피를 전송한다. 시체 위에 오른 바이스가 칼을 들고 큼직하게 복부 절개를 감행한다. 사방에서 굉음이 난다. 하아스가 가장 높은 나무 침상으로 살금살금 올라가 온켈이 잠들었다는 사실을 확인한다. 다른 사람들에게 그것을 신호로 알리고, 입에 손가락을 대며 '부글부글'과 같은 소음을 낸다. 확성기에서 나는 부글부글 물 끓는 소리와 무대의 '부글부글' 소리가 겹쳐진다. 뒤이어 한 사람의 목소리가 들린다)

목소리 (확성기 너머로 한 남자의 목소리) 본질적인 것에 대해 생각합니까?

(바이스가 큰 고깃덩어리를 처리한다. 그가 그것을 칼로 요리하여 냄비에 집어넣는다. 그런 다음 국자를 들고 일정하게 냄비를 젓기 시작한다)

음식을 준비해야 할 때 당신은 제일 먼저 뭘 생각하시죠? 잘 장식한 케이크 아니면 잘 준비한 샐러드입니까? 요리 예술과 단순한 영양섭취는 다르지요.―이 두 가지를 혼동해서는 안 됩니다.

(다른 사람들은 탁자 주위에 앉아 있다. 간이의자에 앉아 마치 두건처럼 머리 위에 이불을 덮어쓰고 있는 클라웁까지 모두)

외관이나 취향에 따라 가능한 한 다양하게 식사를 꾸미도록 시도해 보시오. 첨가된 것에서 상상력을 발휘해

보세요. 머리카락이 당신 얼굴로 흘러내리고 고약하게
도 코가 나올지라도 평정을 유지하시고요. 당신의 첫
번째 요리 시도는 대실패로 끝날 수도 있습니다. 그렇
지만 당신은 곧 훈련을 통해 능란하게 될 것이고 그로
인해 기쁨과 자신감을 갖게 될 것입니다. 제 말 믿지 않
습니까? 저 자신도 이전에는 아주 무능하고 속수무책
인 보잘것없는 여자였다는 사실을 아신다면 용기를 얻
으실 거예요. 저는 무능력한 한 청년을 떠맡아야 했지
요. 저희는 수많은 어려움을 이겨냈답니다. 지금 저는
미각에 맞춰 음식을 마련할 수도 있고, 맛있게 대접할
수도 있게 되었지요.

(낄낄 웃는다. ─끓는 물의 소음이 점차 커지다가 잦아진다.
긴 휴지)

클라웁 얼마나 걸릴 것 같소?

바이스 재촉하지 마시오.

(휴지)

고울로스 저 사람은 그냥 물었을 뿐인데.

바이스 만족할 만한 음식이 되자면 시간이 필요하단 말입니다.

(휴지)

집시 알겠지만, 얼마나 걸릴지?

바이스 (소리를 내지르며) 시간.

(집시가 신음을 내뱉고, 발을 쿵쾅거리며 간다. 휴지)

클라웁 한 시간이오? 두 시간이오?

(냄비 뒤에서 바이스가 뛰어나와 클라웁에게 내달린다. 달리면서 국자를 내던지는데, 그것을 히르쓸러가 붙잡는다. 히르쓸러는 그것에 '데고', 손을 귓불로 가져간다. 등)

바이스 만약 계속 내 신경을 건드린다면 그만둡니다!

(소란, 진정시키는 소리, 모두 뒤섞여 말을 한다)

랑 그러면 안 돼요. 언짢게 생각하지 마세요. 제발 바이스 님.

고울로스 아무도 그만두길 원치 않소, 바이스 씨.

(바이스가 국자를 다시 손에 쥐고 자기 자리로 되돌아가 계속 냄비를 젓는다)

클라웁 물어볼 게 있는데, 편안히 말씀하시면 됩니다.

(다른 사람들의 항의)

헬타이 그 사람 내버려둡시다. 예술가 아니오. 플로베르는 『마담 보바리』를 쓰기 위해 5년이 걸렸답니다.

집시 (당혹하여) 보바리 부인은 내 궁둥이나 핥으라지!

(피로한 나머지 휴지)

히르쓸러 적어도 대충은 말할 수 있는 것 아니오, 언제쯤 되리라고? 대략 몇 시쯤, 몇 시쯤…

헬타이 이봐 젊은이, 지금 몇 시인지 알려줄 수 있겠나?

(침묵. 두려움에 찬 시선들이 오고간다)

바이스 지금이 몇 시인지 우리가 언제부터 관심이나 있었던 게
요?

고울로스 5시 30분에 긴급 작업반 사이렌이 지나갔어요.

클라윱 이미 2주 전부터 그 사이렌은 작동하지 않는걸요.

(침묵)

고울로스 (갑작스럽게) 지금은 한낮이오.

클라윱 그걸 어떻게 알죠?

고울로스 그림자가 점점 검어지고 있잖소.

집시 (흥분하여) 그림자라고? 어떤 그림자 말이오?

헬타이 저기 밖에 햇빛이 비치죠, 그렇지 않소?

히르쉴러 저기 뭐가 있단 말이오?

헬타이 잠정적으로 지금은 몇 시… 몇 시… 라고 동의할 수 있
지 않소.

히르쉴러 (성이 나서) 뭣에 동의한단 말이오? 난 모르겠소. 오후
다섯 시라고 하면 어떻겠소!

(휴지)

랑 오, 티-타임 말입니까?

(집시의 비웃음)

히르쉴러 (격분하며) 이봐, 내가 뜻하는 바를 발설하지 말지어다.

헬타이 (계도를 모색하면서) 빛이 잦아들고, 어둠이 밀려들고 있
으니 밤이지요. 여기까지는 분명하죠. 빛이 증가하고,

어둠이 밀려가면 다시 새로운 날이고. 춥다가 따뜻해지고, 나뭇잎은 녹색이었다가 노랗게 되었다가 떨어지고 말지요.

집시   난 그토록 오래 기다릴 수 없어요.

히르쉴러 달리 말하여 덜 시적으로 표현하자면 사이렌이 지금 지나가든, 지나가지 않든, 사이렌이 지나가면 나는 항상 똥을 누어야 해요. 결코 변하지 않는 것들도 많지요.

헬타이 그럼, 그럼요, 영원한 진실들은.

고울로스 지금은 11시 30분입니다.

집시   그걸 어떻게 알죠?

    (밖에서 바람 소리가 난다)

고울로스 시계 가지고 있거든요.

집시   언제부터 말이오?

고울로스 지금은 11시 30분 12초지요. 바깥 어디에나 그림자가 드리워져 있고, 그림자가 대지 전체에, 땅바닥에 평편하게 뻗어 있다는 것을 확신할 수 있지요. 감시탑에도, 전깃줄에도 그림자가 뻗어 있고요 ― ― 그것은 어여쁜 그림자지요. ― ― 시체들이 차곡차곡 쌓여 있는 일륜 손수레에도 그림자가 드리워져 있어요. 아마도 하늘은 아직도 연기로 가득 차 있을 겁니다.

    (그가 발작적으로 공기를 코로 내뿜는다. 집시가 그에게 접근

해 간다)

오늘 이 연기 속에는 누가 있을까요? 여기 안에 있다는 사실에 감사해야겠죠.

집시 (고울로스에게) 한다는 말이…

(집시가 고울로스의 목을 조르고, 그의 목덜미를 깨문다. 고울로스가 소리치고, 헬타이가 둘을 떼어놓는다)

헬타이 이봐, 음식 갖고 장난하는 게 아니지!

히르쉴러 말이 나온 김에 하는 말인데, 나는 유럽 전체에서 최고라고 하는 몇몇 레스토랑에 가본 적이 있지요—

(분노의 폭발)

—그렇지만 이토록 오래 기다릴 필요는 없었어요, 슈플레조차도 말이오!

집시 뭐, 뭐라고요?

히르쉴러 슈플레 말이오.

집시 어떤 슈플레 말이오?

히르쉴러 그것은 모르겠소.

집시 (히르쉴러의 목을 조른다) 생각해봐, 이 새끼야!

히르쉴러 (질식당한 채) 치즈-슈플레였던 것 같소.

다른 사람들 (속삭이며) 슈플레… 슈플레… 슈플레…

히르쉴러 복숭아!

(중얼거림, 넋을 잃은 외침)

집시   (애타하며) 간소시지!

       (외침, 신음)

바이스   옥수수 이삭! 버터를 넣은 따끈한 옥수수 이삭!

       (열광적으로 단어들이 반복된다)

고울로스 (소리지르며) 샐러드 넣은 파스타―설익은 것!!

       (모든 사람들의 소음)

바이스   가정 요리법에 따른 오믈렛!

       (열광, 폭소)

고울로스 (자위행위를 하면서) 뭣을 곁들인다고?

바이스   (그를 부추기면서) 버섯!

고울로스 오, 주여!

바이스   마늘도!

고울로스 오, 내게 속삭여주오!

바이스   피망!

고울로스 (소리지르면서) 이리 와! 이리 와!

       (박수, 소란. 집시가 탁자 위로 기어오른다)

집시   주목! 여기 보시오! 여기에서 잘 알려져 있지만, 아직 규
       명되지 않은 간소시지 살인자의 살인 행위를 보실 수
       있습니다!―땡땡―뎅그렁뎅그렁, 40센트면 됩니다! 오
       늘 아침 저는 제 노란 신발을 팔아버렸지요. 제가 좋아
       하던 노란 신발 말이오! 발에 꼭 맞고, 뾰쪽하고, 번개마

낭 반짝거리는 신발! 따다닥 따다닥! (탁자 위에서 으스대며 돌아다닌다) 따다닥 따다닥! 몇 마일 떨어져 있는 마을에서도 제 발자국 소리를 들을 수 있었지요! 모든 창녀들이 "오오", "아아"라고 소리를 질러댔다니까요. "저기 반짝거리는 염소 가죽 신발을 신은 5대 나시 라츠가 온다!"—이것은 제 칼입니다. 이것은 저의 맨발이고요. 그리고 이것은 겨울입니다.

(그가 히르쉴러를 가리킨다. 그는 '겁을 먹고 벌벌 떠는' 흉내를 낸다)

이것은 눈이죠.

(그가 헬타이를 가리키고, 헬타이는 눈송이를 흩날린다)

이것은 추운 바람이고요.

(그가 하아스를 가리키고, 하아스가 바람 흉내를 낸다)

이것은 뚱뚱한 남자들의 도시랍니다.

(관객을 향한 몸짓으로)

그리고 이 사람은 도축업자지요.

(뒤편 탁자로 뛰어오르고 있는 고올로스를 가리킨다)

이것은 쇼윈도이고, 여기에 간소시지가 놓여 있습니다.

(랑이 탁자 위로 뛰어오른다)

저는 몇 시간 동안 밖에 서서 이것을 쳐다보고 있었답니다.—안녕, 간소시지야.

랑   (약간 당황하여) 저희 아는 사이 같지 않은데요.

집시   멋있다.

랑   (거부하면서) 전 낯선 사람과 말하지 않아요.

집시   바람은 더 세차게 불었답니다.

하아스   쉬쉬쉬쉬!

집시   안녕하십니까, 도살자 양반. 간소시지 있나요?

고울로스 구걸은 금지되어 있소.

집시   돈 갖고 있습니다. 땡―땡, 뎅그렁―뎅그렁.

고울로스 그렇다면 간소시지도 있지.

집시   원래 그대로.

고울로스 원래 그대로 말이오.

집시   간소시지 한번 보고 싶어요.

고울로스 (랑을 건네준다) 자, 여기 있소.

집시   좋군요.

고울로스 그럴 것이오. (그가 랑을 빙 돌린다)

집시   얼마지요?

고울로스 51파운드요.

집시   뭐라고 하셨죠, 당신 부자로 죽고 싶은 게요?

고울로스 그러면 좋지 않겠소. 당신은 오늘 나의 첫번째 손님인데.

집시   40센트면 얼마나 되죠?

고울로스 (랑의 쭉 뻗은 팔을 보여준다) 대략 이 정도 되지.

집시 정확하게 보여줘요, 도살자 양반.

고울로스 염려 마시오. 40센트에 좋은 부위를 떼어주리다.

집시 오늘 아침에 제 노란 신발을 팔았거든요.

고울로스 그렇소. 집시가 어디에 있는지 이제는 모두 알아야 하지.

집시 모두 알 필요는 없어요.

고울로스 당신, 뻔뻔스럽게 굴면 내던져버릴 테요.

집시 도살자 양반, 조심하시오. 이틀 전부터 전 이 도시를 배회하고 있는 중이죠.

지금은 겨울이고요… (그가 중단한다. 다른 사람들이 제대로 참여하지 않기 때문이다) 지금은 겨울입니다!

(히르쉴러는 겁에 질려 떨고, 헬타이는 눈 거품을 날리며, 하아스는 입김을 낸다)

도대체 누가 여기에 사는지 알고 싶은데요? 돌들이라고요? 좋습니다. 당신이 무조건 돌이 되고자 한다면야, 그런데 제가 돌로 뭘 하는지 아십니까? 제 이름을 돌에 새기지요!

고울로스 40센트만 갖고 있다면야 ― ―

(그가 랑을 옆으로 밀어낸다. 뒤에서 하아스가 탁자 위로 뛰어오르고, 기침을 하며 상체를 노출시킨다)

― ― 자, 이 순대 종지나 받으시오.

집시 당신 나를 제대로 이해하지 못했군, 도살자 양반. 국립

오페라단에 들어가려는 게 아니오. 차라 린더와 성교하려는 것도 아니고, 그리고 내가 원하는 것은 순대가 아니란 말이오.

(하아스가 탁자에서 뛰어내린다)

난 간소시지를 원한단 말입니다.

(랑이 눈을 멋있게 뜬다. 시선을 주고받는 희롱이 시작된다. 그때 고울로스가 주시하고, 랑의 따귀를 때린다)

통상적으로 제 머릿속에는 흥미로운 가능성들로 가득 차 있지요――꽃――궁전――열대의 폭풍――길고 붉은 머리의 여자들. 그런데 2주 전부터 제 머릿속에는 한 가지 생각만 들어 있답니다. 그것은 바로―――

랑   (교태를 지으며) 간소시지. (집시에게 손 키스를 보낸다)

고울로스 그래, 알았소. 40센트에 좋은 부위를 주겠소. 당신에게 잘라주리다. (랑의 목을 보여준다)

집시   그게 전부요?

고울로스 그렇소만.

집시   아니, 도살자 양반, 여기를 잘라내야지요! (손 모서리로 그가 랑의 아랫배를 친다)

고울로스 (랑을 자기 쪽으로 끌어당긴다) 당신 오늘 기분 좋은 날인 줄 알아.

집시   지금 밖이 어떤지 아시오, 신발도 없이?

고울로스　겨울이지.

집시　참새들조차 죽어가고 있는 지경이오.

고울로스　그럼 참새들이나 잡아먹어.

(집시가 칼로 고울로스의 등을 재빠르게 여러 번 찌른다. 혼란. 고울로스가 식탁에서 뛰어내린다)

살인이다! 약탈 습격이오! 경찰을!

다른 사람들　(뒤죽박죽) 달려! 뛰어요! ― 너는 저리 비켜! ― ― 저놈 그대로 놔둬요!

먹게 둬요! 저놈에게 간소시지를 주란 말이오!

집시　(어깨 너머로 랑을 내던지고 무대를 빙빙 돈다) 당신들 나를 잡지 못할걸요! 은밀하게 살인자가 사라져버렸지요! 모든 신문에는 ― 키가 크고 ― ― 마르고 ― ― 머리가 검고 ― ― 맨발이라고 쓰여 있지요! 간소시지를 갖고 화물 창고에 숨어버렸답니다!

(집시가 랑을 의자 앞에 세운다. 랑이 기운을 다시 얻는다. 집시가 랑을 쳐다본다. 랑은 팔을 쫙 벌리고 의자에 머리를 비스듬히 기울인 채 서 있다. 휴지. 정적)

그리스도가 소생했습니다! 그리스도가 소생했어요!

(다른 사람들도 노래에 끼어든다. 집시가 랑을 높이 쳐들고 폭이 좁은 탁자에 그를 천천히 옮겨 놓는다. 그 사이 바이스는 마치 향로처럼 국자를 흔들면서 앞서가고, 헬타이는 손을

배 위에 포갠 채 의젓하게 뒤따라간다. 집시가 랑을 탁자 위
에 세우고 조금 쳐서 벌렁 뒤로 넘어뜨리는데 다른 사람들이
그를 붙잡는다)

다른 사람들 자, 시작해봐! 이제 해보라니까!

집시   (랑의 다리에 웅크리고 앉아서) 통상적으로 제 머릿속은
        흥미로운 생각들로 가득 차 있답니다. 꽃 − − 궁
        전 − − 열대의 폭풍 − − 붉고 긴 머리의 여자들 − −
        그런데 그 당시 저는 먹기만 했습니다 − − 밤새 내내
        먹기만 했지요.

        (마치 랑을 먹어치우는 듯한 행동을 한다. 씹고, 신음을 내뱉
        는다. 다른 사람들은 마법에 걸린 듯 그를 쳐다보고 있다)

히르쉴러 세상에, 먹는 능력이 대단하군!

헬타이   내가 지금껏 본 사람 중에 먹는 데 가장 뛰어난 사람이
        군요!

라마세더 제게도 조금 주세요.

집시   안 돼.

라마세더 조금만이오.

집시   꺼져버려!

        (집시는 계속 먹는다. 라마세더와 그를 따라 다른 사람들이
        순식간에 랑의 육체에서 가상의 간소시지를 낚아챈다. 집시
        가 그들을 손으로 내치는데 그들은 노획물을 들고 도망치며

여러 곳으로 흩어진다. 그들은 먹는다. 제일 먼저 헬타이가 먹는 것을 그만두고 역겨워하며 토한다)

헬타이   이건 그것과 달라.

히르쉴러   (휴지 후에) 뭔가 부족해.

집시   (슬프게) 이전 것은 이렇지 않았는데.

(집시가 낮은 목소리로 노래하기 시작한다. "네, 우리는 바나나가 없어요…" 다른 사람들이 끼어든다. 노래가 끝나는 사이 집시가 탁자에서 뛰어내려와 앞쪽으로 나온다)

그는 제15대 나시 라츠였어요. ―왜냐고요? 그 사람 앞에 제14대가 있었기 때문이죠. 그는 유럽의 모든 왕후들 앞에서 연기했지요. 귀족 출신의 여인네들이 그의 발꿈치에 앉곤 했답니다. 그는 위대한 예술가였으니까요―그가 바이올린을 흐느끼게 켤 때면 모든 여인네들의 눈이 촉촉해졌지요. 그가 어떻게 복잡한 유태인들 중에 있게 되었는지 그는 도대체 알지 못했습니다! 먹게만 된다면야 뭘 먹던 상관하지 않았지요.

(그가 손뼉을 친다. 재즈 양식의 노래가 돌발적으로 확성기에서 울려퍼진다. 모두 격렬하게 몸을 비틀며 춤을 춘다. 히르쉴러가 피아니스트 흉내를 낸다 등. 클라움만은 이런 행동에 참여하지 않는다―조금 전부터 온켈이 자기 잠자리에서 모든 것을 못 견뎌 하며 쳐다보고 있다. 춤추는 사이 나무 침상

에서 살금살금 내려와 춤추는 자들 사이를 지나가며, 냄새를 맡으면서 주의를 끌고자 한다. 그가 문을 열고, 냄새를 맡고, 문을 다시 닫으며 조용히 하라는 몸짓을 한 후에야 그의 뜻대로 된다. 서서히 음악이 잦아들고 차츰 모두 춤추는 것을 그만둔다. 고요가 스며드는 가운데 마지막으로 랑이 한참 동안 춤을 계속 춘다)

온켈   수프 냄새가 나는데.

(침묵. 위에 서서 냄새를 맡는다. 여기저기 흩어져 있는 다른 사람들도 똑같이 냄새를 맡기 시작한다)

히르쉴러 무슨 냄새 말입니까?

헬타이   당근 냄새 말인가요?

온켈   확실치 않네.

집시   순무요!

고울로스 그건 전혀 아닌 것 같고.

랑   (휴지) 순무라고요?

온켈   (암시적으로) 뭔가 ― 새로운 것?

집시   그래요, 고기는 아닙니다.

히르쉴러 10월부터 고기는 더 이상 없었어요.

온켈   속단을 내려서는 안 된다네.

클라웁   (나무 침상에서 뛰어내린다) 젠장할. 당신 대체 뭐라는 게요? 부엌은 잠겨 있어요. 5주 전에 그들이 닫아버렸단 말이오. 요리사들이 화물차에 실려 떠나는 걸 똑똑히 보았단 말입니다!

온켈   들어보게, 내가 말하려는 건 본래 그게 아니었네. 카츠가 내게 말한 것은 말이네 — — —

클라웁 카츠라고요? 그 녀석이 뭘 알죠!

온켈   그 녀석이 지껄이기를 잘하고, 소문을 잘 퍼뜨린다는 사실은 인정하네. 그런데 말이네, 그가 어젯밤 한 시 반쯤에 어떤 소리를 들었다고 하네— — —

클라웁 소리! 여기에서도 소리는 수없이 듣고 있어요!

라마세더 대체 어떤 소리 말인데요?

온켈   카츠 말에 따르면,—(양이 운다)—메에에 소리가 났다더군!

라마세더 메에에?

(양이 우는 듯한 행동을 하며 짐승처럼 사지로 문 쪽으로 기어가기 시작한다. 말리려다 실패한 클라웁을 포함하여 다른 사람들도 똑같이 탁자와 의자 아래를 지나 문 쪽으로 기어가며 음메 소리를 낸다. 온켈이 원기를 북돋우는 메에—소리를 내뱉고, 자기 다리 사이로 머리를 내밀고 있는 라마세더를 쓰다듬는다. 다른 사람들도 문 쪽으로 돌진해간다)

클라웁 (메에 소리보다 더 큰 소리로) 수프는 없소! 메에는 없습니다!

(양 울음소리가 점차 잦아든다, 온켈이 "메에!" 소리를 부추기지만 성과가 없다. 클라웁이 냄비 쪽으로 달려가 그 안에 몸을 구부리고 있어 그의 소리가 둔중하게 울린다)

푸피만이 있습니다!

(아직도 랑의 개별적인 '메에' 소리, 차츰 조용해진다. 지친 상태로 모두 탁자 주위에 다시 자리를 차지한다)

글라츠 (갑자기 일어난다) 우유!

집시 뭐? 뭐라고요?

글라츠 (다시 앉는다) 우유라고…

히르쉴러 대체 그게 무슨 말이오?

헬타이 (생각한 후에 그만둔다) 난 모르겠소.

(하아스가 기침을 하고 주먹으로 가슴을 치며 질질 짜는 아이 흉내를 낸다. 다른 사람들도 점점 이해하고 참여한다. 하아스가 우유병을 가리키고, 랑에게 아이로서 탁자에 눕기를 요구한다. 랑이 그렇게 하고, 소리치기 시작한다. 하아스는 아이에게 우유 먹이는 어머니 흉내를 내고, 랑은 우유병을 내던지며 여러 번 소리를 친다. 하아스는 어머니의 부풀어 오른 가슴을 가리키며 앉아서 랑을 무릎에 앉힌다. 랑에게 가슴을 내밀고, 랑은 마시며 곧 조용해진다. 하아스가 그를 부드럽게 흔들며, 목쉰 소리로 "자렴, 나의 왕자님"이라고 흥얼대기 시작한다. 다른 사람들도 함께 조용히 노래한다. 랑이 엄지손가

락을 입에 대고, 잠든 아이 흉내를 낸다. 하아스가 다정하게 랑을 탁자 위에 눕히고 이불을 가져다 덮어준다. 그런 다음 갑자기 몸을 돌려 앞으로 걸어 나와 말한다)

하아스   하아스 그 사람은 정치가였지요. 사람들이 그에게 침 뱉는 걸 좋아하지 않았어요.

사람들이 그를 때리고, 함부로 밟고 다니게 한 적은 있었어도 얼굴에 침을 뱉게 놔두지는 않았습니다. 모든 사람은 아마도 보잘것없는 속성들을 갖고 있나 봅니다. 그들은 6번 버스에서 그를 체포했습니다. 2킬로의 전단지를 소지하고 있었지요. 그들이 그에게 침을 뱉었고 그도 되뱉았지요. 그런데 그들은 그가 받은 것의 두 배나 더 되받았답니다. 그들은 조직적으로 그의 팔과 발을 부러뜨렸고, 싸구려 담배로 그의 고환을 태웠으며, 그의 후두를 망가뜨렸습니다. 그는 노래를 좋아했지요. 아주 멋진 목소리의 소유자였다니까요. (그가 '여자는 변덕쟁이'를 부르기 시작한다. 몇 박자를 부른 후에 목을 한 번 치듯 기침을 하며 그만둔다)

바이스   (뒤편에서 다가와 하아스의 편 손을 붙잡는다) 잡아도 될까?

(구역질과 함께 하아스가 그의 손을 내친다. 바이스가 정겹게 미소 짓는다. 하아스가 그의 따귀를 때린다. 오히려 바이스는

즐거워한다. 하아스가 그에게 어퍼컷을 먹이는데 그 때림이 돌연 애무가 된다. 낄낄 웃으면서 둘은 서로의 입술을 때린다. 흥분이 고조된 그들은 마침내 팔로 안고 춤에 빠져든다)

라시, 재밌고, 흥겨운 걸로!

(집시는 열정적으로 바이올린 켜는 행위를 하고, 탱고 리듬으로 흥얼거린다. 다른 사람들도 함께 흥얼거리며 춤추는 것을 쳐다본다)

그 불결한 건 뭐요?

헬타이 귀지라오.

바이스 여러분, 기쁜 소식입니다. 하아스 친구가 큼직한 진열대를 갖고 있답니다.

(박수갈채. 하아스가 놀라며 내려다본다. 그들은 서로 꼭 껴안고, 다른 사람들이 계속 흥얼거리는 리듬 박자에 맞추어 몸을 흔든다. 그 사이 다른 사람들은 마치 최면에 걸린 듯 두 사람을 쳐다본다)

히르쉴러 (휴지 후에) 노래 같은 좀 고상한 문화로 바꾸죠.

랑 '미완성된 것' 이라는 노래 어때요?

클라웁 화장지나 줘요.

온켈 신이 죽는다면 모든 게 허용될 것이네!

(바이스와 하아스는 그에게 전혀 주의를 기울이지 않는다. 다른 사람들은 흥얼거리며 마치 마법에 걸린 듯 춤추는 것을 쳐

다본다. 온켈이 그러한 매혹에 저항한다)

바이스 (하아스에게) 사랑해.

온켈 (헬타이에게) 참으로 파렴치한 행동이군!

(요동치는 두 사람을 정신없이 쳐다보고 있던 헬타이가 제스처를 취한다)

나는 모든 것에 개방적인 사람이네. 인간적이지 못한 것은 좋아하지 않지. 문화적 가치를 해치지 않는다는 전제하에 가벼운 오락에 반대할 의사는 없네.

(헬타이가 그에게 주의를 기울이지 않는다. 온켈은 껴안고 있는 두 사람 보기를 피하면서 헬타이에게 간다. 히르쉴러 옆에 앉는다)

히브리인들 사이에 동성 연애가 극히 드물었다는 건 사실 아닌가?

(히르쉴러가 그의 뺨에 키스한다. 온켈은 부끄러움에 한 손으로 얼굴을 가리고 그들을 보려 하지 않는다. 그 두 사람을 등지고 랑 옆에 앉는다)

저놈들 뭐하는 거야?

(랑은 마법에 걸린 듯 두 사람을 응시하고, 아무런 반응도 보이지 않는다. 온켈은 몸을 돌려 바이스와 하아스가 키스하는 것을 쳐다본다. 격분한 그는 두 사람에게 돌진하여 그들을 떨어뜨려 놓으며 소리지른다)

꺼져버려, 이 더러운 놈들! (무안하여 손으로 입을 친다) 놀라운 일이야! 아직까지 이런 막된 말을 써본 적이 없었는데. 우리는 점잖은 사람들이었네. 내 아내는 클라비쳄발로를 쳤었지. 물론 종종 변비에 걸린다거나 소변을 보기도 하고 성관계를 갖기도 했지. 아이들이 여섯이었네만, 나는 평생 다른 누구하고도 성관계를 갖지 않았어. 장담할 수 있지!

(소음. 일부는 놀라워하고, 다른 일부는 수긍하는 외침)

미칠 것만 같다. (그는 마치 미친 사람처럼 탁자 주위를 질주한다) 성교, 똥, 오줌! 성교, 똥, 오줌! 성교, 똥, 오줌!

(다른 사람들도 도취된 채 소리지른다. 온켈이 옷을 전부 벗으려 한다는 사실을 알아채자 공포의 소리를 내지르고 급히 그를 뒤쫓는다)

찬란한 태양. 또다시 겨울은 지나가버렸어. 우린 아직 살아 있지. (울부짖는다) 그런데 이것을 삶이라고 할까?

(갑작스레 온켈이 식탁으로 돌진해가고, 뒤이어 나무 침상에 누워 있는 클라웁을 포함하여 다른 사람들도 탁자 주위에 자리를 잡는다)

막시, 빨리 커피 다섯 잔 가져오게. 차례로 가져오든지, 아니면 동시에 가져오게 — — 터키산 모카, 크림을 넣은 에스프레소, 크림을 넣지 않은 에스프레소, 칼스바

더 한 잔과 빈wien산産 칵테일로 말이네.

히르쉴러 (웨이터를 흉내 내며, 아주 **빠르게** 가상의 다섯 잔을 가져다
놓는다)

커피를 참 좋아하시는군요.

온켈 태양은 어떤가?

히르쉴러 태양은 떠올랐다가 지고 있습니다.

온켈 그래. 바로 그거야. 이 불쾌한 헝가리의 태양은 결코 같
은 곳에 머물러 있지 않지 — 나는 언제나 내 자신을 중
히 여겨왔다네. (가상의 커피 잔을 마신다) 오전 내내 내
주치의한테 있었지. 자네들도 알지, 쉴러서 박사 말이
네. 난 쉴러서를 좋아하거든. (천식 환자 흉내를 낸다) "코
르넬리우스, 카드놀이 중에 갑자기 쓰러지고 싶지는 않
겠지?" — "그럼요, 그러고 싶지 않죠." — — "아니면 시
체가 되어 자네 부인한테서 굴러떨어지겠는가?" — —
"안 될 말씀이죠, 그녀가 좋아하겠어요?" — — "아니면
임종 장면으로 굴러떨어지고 싶은 겐가?" — — "그 정
도로 나쁜 상태인가요?" — — "커피 그만 마시게. 코르
넬리우스, 월요일부터 커피 그만 마셔야 하네." — "월
요일은 월요일이지." 그런데 오늘은 무슨 요일인가? 지
금은 오전 11시라고 하세. 가게 문이 닫힐 때까지 나는
여기 앉아 있을 것이네. 커피 450잔을 마시려 하지. (마

신다) 사람들이 어떻게 작별을 하는지 남자는 알아야 한다네. 나는 쉴러서를 신뢰한다네. 자네들도 잘 알지. 마치 굴뚝처럼 담배를 피워대고 이미 한 발은 무덤 속에 집어넣은 상태지. 그래서 나는 또 그를 좋아한다네. (여러 번 마신다) 우리가 공범자와 유사하다는 뜻이지. 그 사람은 의사이기도 하지만 환자이기도 하거든. 언젠가 그는 죽게 될 것이네. 그 점이 대부분의 의사들에 관해 말할 수 있는 그 이상을 말해주지.

(마신다. 히르쉴러와 헬타이가 '잔을' 들고 역시 마신다)

이건 내 커피야! (마신다) 내가 죽어야 한다면 다른 모든 사람들도 좀 죽어야지. 자네들같이 더러운 놈들이 내 무덤 위에 한가하게 누워 있게 하고 싶지 않거든. 내 장례식엔 어떤 유족도 원치 않는단 말이네. 관만 있으면 된다네. 자네들 모두 나와 함께 무덤으로 가야지! (마신다) 나는 언제나 내 자신을 중히 여겨왔네. 리차드 3세를 위해선 20파운드나 되는 몸무게를 줄였고, 내 아내를 위해선 담배도 끊었지.

(하아스가 갑작스럽게 마신다. 온켈이 그를 붙잡아 무릎에 앉힌다)

잔, 제자리에 놔!

(하아스가 고통스런 소리를 내뱉고, 온켈은 마치 바늘 위에

앉아 있는 어릿광대처럼 분노를 터뜨린다)

어느 누구든지 다른 사람이 마시는 걸 원치 않아. 자네들 모두 목이 타는 걸 나는 보고 싶거든. (식탁 주위를 빙돌아 랑에게 다가가 그의 옆에 앉는다. 비웃으며) 지난해에는 이렇게 씌어 있었지. "동물성 지방은 건강을 해칩니다!" (그가 다시 탁자 위로 올라간다) 삶 전체가 건강에 해롭지! 모두 누군가에게 해가 되지만, 나만은 영원히 살고자 하지. (교활하게) 크림이 든 베제어 과자를 사람들이 어떻게 멀리하게 되는지 나는 알고 있어. (클라웁이 손을 흔든다) 안녕, 베제어 과자여! 나는 쉴러서를 신뢰하네. 그 사람은 내가 신뢰하는 유일한 사람이기도 하지. 한번 논리적으로 생각해보게. 의사의 진정한 직분은 뭐라고 생각하나? 뭘까, 대체? 응? (그는 어떠한 대답도 준비되어 있지 않은 히르쉴러에게 몸을 돌린다. 마치 어릿광대처럼 온켈이 그의 대머리를 친다) 이런저런 히포크라테스의 선서를 하며 사람들을 가능한 한 아프게 만드는 것. (마신다) 인간에 대한 자신의 걱정을 증명하기 위해 누군가에게 10개의 아스피린을 처방하기, 그러면서 그들은 엄청난 일이 발생하기만을 내내 기다리고 있지. 언제든 다시 정지 상태가 되는 종양이 그들에게는 최고야. 다른 경우엔 너무 빨리 끝나버리고 말거든. 여섯 번 혹은 일곱 번의 수술, 그들이 좋아하는 것이지. − (수술을 흉내낸다) − 10년간의 휠체어 생활도 그들의 마음에 들고. (휠체어를 타고 돌아다니는 것을 흉내 낸다) 그런데 쉴러서는 다르다네. 오전 내내 연통처럼 담배 연기를 내뿜고 있지. 유령처럼 보인다네. 그 사람 곁에 있으면 우리 자신이 아니라 바로 그에게 의사가 필요하다는 감정을 갖게 된다네. (갑작스레) 태양은 다시 떠올라 있군. 막시, 한 번 더 돌리게.

(히르쉴러가 웨이터를 흉내 내며 새 잔을 식탁 위에 놓는다)

나는 언제나 내 자신을 중히 여겼어. (점점 더 성급하게 모든 잔을 마신다) 안녕. (마신다) 안녕. (마신다) 안녕, (마신다) 안녕.

클라웁 이제 된 것 같군요, 온켈.

온켈 (절반 정도 몸을 탁자 위에 눕히면서) 모카에서 설탕을 어떻게 빨아먹는지 한번 주목해보게.

집시 제기랄, 이 돼지 같은 놈, 여기서 몰아내버립시다! 저 사람 없애버려요! (탁자에 놓여 있는 가상의 잔들을 치운다)

온켈 (소리지른다) 저놈이 커피를 다 쏟았어! 경찰을 부르게! (탁자에 앉아 그 위에 쏟아 놓은 커피를 핥아먹는다)

클라웁 (탁자 가까이에 다가와 보살핀다) 온켈, 제발 이제 그만 하시죠.

온켈   (커피를 핥아먹으면서) 안녕, 내 새끼야! 안녕, 내 사랑아!

클라웁 온켈, 너무 지나치십니다.

온켈   (머리를 식탁의 바닥에 대려고 한다) 가장 아래쪽에 아직
        한 모금 있다네, 이곳이 가장 달지.

        (그가 멈춘다. 다른 사람들이 그를 위해 식탁 위에 자리를 마
        련한다)

히르쉴러 온켈 덮어줄 것을 주시오.

        (헬타이가 이불을 가져와 온켈 위에 펼치는 동안 히르쉴러가
        인공호흡을 시작한다. 사람들은 온켈의 배가 어떻게 올라갔
        다가 내려가는지 쳐다본다. 점차 호흡이 느려지다가 마침내
        정지된다)

온켈   (갑자기 일어나 앉는다) 제 아버지의 얼굴이 붉었는지 창
        백했는지 말씀해 주시겠어요?

히르쉴러 오, 시체처럼 창백했다네.

온켈   호흡이 어려웠던가요?

헬타이 거의 질식한 상태였지.

온켈   천식이었나요, 아니면 심장병?

히르쉴러 심장병이었네.

온켈   늘 아버지의 심장이! 당신들은 왜 아버지를 죽게 놔두
        지 않은 것이오, 이 살인자들아! 11시 45분 정각 아버지
        는 아직 무죄 상태였지요.

(다시 누우며, 이불을 위로 끌어올린다. 다른 사람들도 이불을 평편하게 만든 후 그것을 온켈의 얼굴 위로 끌어당긴다. 뒤집어쓴 머리 위로 여기저기에서 정중하게 손을 얹는다. 휴지. 갑자기 온켈이 이불 안에서 말을 하기 시작한다. 실망한 다른 사람들 차례차례 오른 방향으로 되돌아간 후 다시 냄비 쪽으로 몸을 돌린다. 곧이어 나무 침상에서 라마세더가 내려와 폭이 좁은 탁자 쪽으로 간다. 그 탁자에 온켈의 발이 놓여 있다)

발 — — 다리 — — 팔 — — 탁월한 — — 기계적 — — 과학적 — — 여기에 나사못, 저기에도 나사못 — — 무대에서 추방당해 — — 출연 금지 — — 나의 마지막 활동 — — 인공사지 공장 — — 전쟁청 지배를 받고 — — 뼈들의 무더기 사이에 앉아 있었지 — — 차곡차곡 쌓여 있고 — — 분리된 채 — — 기록되어 — — 의족을 감싸고 — — 종지뼈로 놀이를 하였지…

(라마세더가 온켈의 이불을 벗긴다. 온켈이 일어나 앉아 오른 주위의 다른 사람들을 쳐다본다. 비난조로 라마세더를 가리킨다)

내 고난의 시간에 너는 어디 있었지?

라마세더 (중오에 차서) 커피나 계속 마셨어야 했군요.

온켈 너도 나의 아들 부르투스지?

라마세더 (어깨를 움찔한다) 손님이 적으면 적을수록 양은 그만큼

더 많아지지요.

(온켈이 식탁에서 뛰어내려와 라마세더에게 돌진하려고 한다. 허둥지둥 달려드는 다른 사람들에 의해 제지당한다)

히르쉴러 분위기를 조금 부드럽게 하면 어떨까요, 문화적인 것 어때요?

(소음. 동의. 히르쉴러가 라마세더를 앞으로 끌어내리려 한다) 낭송!

(박수. 라마세더가 나무 침상을 꽉 붙잡는다. 히르쉴러와 다른 사람들이 그를 똑바로 세운다. 그런데 갑자기 이탈하여 달아나는 그를 하아스가 붙잡는다)

라마세더 올가 파울이 부른 '노란 장미'로 하죠.

(고무시키는 소리, 온켈이 신음한다)

"오, 나의 노란 장미가 얼마나 은근하게 물들었는지
저기 나의 창가, 달빛의 애무 속에."

(박수)

온켈 오, 주여!

(다른 사람들의 불쾌해 하는 반응)

라마세더 "저 달콤한 향기가 나에게 나직하게 속삭이지요.
내 영혼이 곧 긴 여행을 떠난다고."

온켈 난 내 귀를 믿지 않아!

(다른 사람들의 불쾌해 하는 소리, 불안이 점증된다)

라마세더 (큰 소리로)

"벙어리 고객들이 여러분들께 장미를 선사할 거래
요—"

온켈 내가 이런 헛소리에 더 귀를 기울여야겠나?

(소요. 라마세더를 위한 박수, 온켈을 향한 격분, 집시가 신발
한 짝을 그에게 던진다)

라마세더 "내 사랑이 없다면 내 삶도 의미가 없어요."

제발 멈추게 하지 마세요, 네?

온켈 멈추게 할 생각 없다!

(그를 피하는 라마세더를 나무 침상 앞에 세울 때까지 여러
번 신속히 방향을 바꾼다)

어떤 기묘한 권한이 너를 움직여, 여기에 세웠단 말이
냐, 이 모든 사람들 앞에서 낭송하게 한 것이냐? 똑바로
서라, 입을 제대로 열고, 말해보거라!

(다른 사람들의 불만의 표현)

"먹을 것은 대체 언제나 주는 거죠?"라고 묻는 민간인
처럼 무성의하게 하지 말란 말이다. 똑바로 서서 아주
특별한, 말하자면 공적인 일을 수행하는 거룩한 억양으
로 고기라는 말이 되도록 하렴.

(집시가 조롱조로 "고기!"를 반복한다)

그런데 종종 신이 극에 참여하다면 사람들에게 소름끼

치게 하겠지! (소음)

라마세더 제가 배우가 아니라는 사실은 알고 있어요!

온켈 배우가 아니라고 말할 수 있을 것이다. 알았으니 입 다물고 앉아. 자네들 보게. "사람들아, 들어보시오, 지금 우리는 누군가를 먹어치우려 합니다." 그러므로 육식 동물로, 범죄자로, 늑대로, 페가수스로 말하겠네. 아, 물론 나는 동물학자가 아니네. 그렇지만 산꼭대기에 서거나 무대에 서면 다 똑같은데 — 나는 회 — 회 — 회오리 바람으로부터 저기 아래 군중들에게 말을 하지 — — "너희들은 너희 아비의 살을 먹어서는 안 된다!" — — 이것은 배우로서 하는 말이네. 다시 말해 신으로서 말이지. 나는 정말로 그것에 — — — — 저항할 거야.

(소음)

저 소년의 뜻은 나쁘지 않을 수도 있어. 아마추어들은 늘 뜻은 좋으니까 말이네.

그런데 저놈이 내 직업을 모욕했어. 내 인간적 존엄성을 말이네. 아니, 그보다도, 나의 침묵을 모욕한 것이지. (라마세더 흉내를 낸다) "오, 나의 노란 자 — 자 — 장미가 얼마나 은근하게 물들었는지…"

(조소)

라마세더 유치해요!

온켈 이 혐오스러운 놈아! 말의 치욕! 이 미련한 개똥 같은 놈, 내가 무엇 때문에 네 마음에 들어야 한단 말이냐? 내 귀가 그것을 듣자, 놀라서 머리털이 곤두섰지. 신성한 우리 언어의 오용을 더 이상은 못 참겠어! 그런 오용이 어떻게 될 것인지 알고 있기 때문이지. 난 전문가거든. 나는 거기에 있었고, 그것이 어떻게 퍼지게 되었는지 들었어. 나는 저항했고, 황량한 황야에 내몰렸지. 나는 신의 신문 배달 소년, 유대인이었다는 뜻이지 ― ―

(박수)

― ―똑같은 것! 나는 침묵으로만 신성모독에 저항했지. ―5년간의 침묵. 5년 동안 나는 한 마디도 내뱉지 않았어. 거울에게조차도 말이지. (다시 모두에게) 창피스러워서 발설하기를 거부했던 것이지요. 훈장을 못질 했던 히스테리 환자에 대해서도 저항했고, 우리들 언어 중에서 가장 고상한 단어인 매춘부들과 도둑이라는 말도 삼갔지요 ― (히틀러를 흉내낸다) ― 명예! 존경! 자유!― ― 이것으로 그들이 뜻한 모든 것은 ― "죽어버려!" 였어요.

(찬성, 브라보 소리, 그는 그것을 무시하고 넘어간다)

여러분들이 이해하지 못하는 그것은 바로 분리의 위험, 언어에서 축출되는 위험이지요! 저는 태어났을 때, "오, 고통스러워!"라고 소리치지 않았어요. "아아 아흐흐

흐!"라고 소리쳤지요.

랑 　어서, "존재냐 비존재냐"나 말하시죠!

온켈 　내 궁둥이나 핥아먹어라! 난 훈련받은 물개가 아니란
말이다!—청할 사람은 오히려 자네들이지. 이제는 너무
늦었어. 이 공간은 아 ― 아 ― 아 ― 아동극으로 더럽혀
졌어. 그것에서 벗어나야만 하지.

(그가 글라츠 옆에 앉는다. 글라츠가 몸을 돌린다)

여러분들은 이해하지 못할 것입니다. 그런 시기에 한
마디 하는 것이 얼마나 엄청난 일이었는지, 가령 ― ―
'실례합니다' 또는 ― ― '자비' 라는 단 한 마디를 한다
는 것이 말입니다. 저는 5년 동안 무대에 서지 않았습니
다!

다른 사람들 (합창어로 외치며, 박자에 맞춰 손뼉을 치면서)

존재냐 비존재냐 ― 존재냐 비존재냐 ― 존재냐 비존재
냐!

온켈 　(다른 이의 합창에 신경 쓰지 않고) 여러분은 내가 누구라
고 생각하시죠, 두 개의 구멍을 가진 한 무더기의 창
자?! 이 입을 쳐다봐요, 이 멋있는 입 말이오. 여기 내
혀도 관찰해 보시고요! 이런 혀 보신 적 있습니까? 보기
드문 사람이죠.

농담이나 속임수도, 힌트도 필요치 않았습니다. 무대에

올라서면 눈을 굴리지도 않았어요. 매 순간 형성되었지요. 틀 지워 말한다면 하나의 예술 작품이라고 할 수 있죠. 마스크도 쓰지 았았고, 인간이 뭔지 보여주기 위해 뼛속까지 내 자신을 발가벗기는 데 망설이지 않았지요. 이렇게 말하니 약간 부끄럽긴 합니다만. 곧 유태인 한 사람이 등장할 것이오ㅡ

(박수)

ㅡ상등석에 앉아 있는 숙녀분께는 너무 지나친 이야기였겠죠. 여러분들은 모르시겠지만 저는 아이였을 때 무척 말을 더듬었어요ㅡ이렇게 말입니다… (그는 발음이 불명료한 소리를 내뱉는다. 혀는 구부러지고 휘감기며, 손은 떨린다) 저는 그것을 극복하였답니다ㅡㅡ순전히 의ㅡ의ㅡ의ㅡ의지력으로ㅡㅡ(말을 하려고 그는 허벅지와 목덜미를 친다ㅡㅡ) 장애를 극복한 사람이면서도ㅡㅡ저기 위에 설 때마다, 모든 예술이 시작되는 저기, 치부를 숨긴 여기에서ㅡㅡ언제나 경련과 떨ㅡ떨ㅡ떨림이… (이 말을 내뱉기 위해 빙 돈다. 그 사이 그의 혀는 경련이 일어날 듯하며, 손은 자유자재로 움직인다. 무대 위 다른 사람들은 몸을 돌리고 얼굴을 손으로 가린다. 지친 그가 그만둔다. 뒤이어 무대 앞 가장자리에 나선 후 관객에게 말을 한다) 그리고 수치.

(휴지)

이 지점에서 아버지는 갑자기 수치감에 압도당했지요. 그 당시엔 전혀 설명할 수가 없었답니다. 그런데 설명은 중요하지요. 만약 가진 것이 아무것도 없다면 뭔가 해야 하죠. 유감스럽게도 먹을 것이 전혀 없다면 말을 하게 되지요. 어쨌든 아버지는 당신의 수치심을 설명할 수 없었던 것입니다. 1월, 안식일 오후 그때 그들이 해방되었던 밤――― (다른 사람들의 난삽한 웃음소리)

바이스   누가 해방되었단 말이오?

온켈   한 무더기의 뼈들이오.

(뻣뻣한 육체들의 죽음으로 다른 사람들 서로 다른 포즈를 취한다. 몸을 비틀기, 입을 쫙 벌리기, 움켜진 손 등. 히르쉴러와 헬타이가 얼어붙은 듯 탁자에 앉아 있다)

히르쉴러와 헬타이는 예외였지요. 그들은 아주 천천히 숨을 쉬고 멍하니 앞을 응시했답니다.

(그가 그들에게 다가간다) 그런데 유충처럼 둥글게 말린 제 아버지는 정오에 당신이 느꼈던 수치를 설명하고자 계속 노력하셨죠! 어떻게 설명하던가요?

히르쉴러   (기진맥진한 듯) 말한 것을 이해하지 못했네.

헬타이   (속삭이며) 속삭일 수도 없었어.

히르쉴러   턱은 아래로 떨어져 내렸고, 혀는 튀어나왔으니까. (그

가 그 모습을 흉내 낸다)

온켈   그래요. 그때는 밤이었으니까요. 밤에는 전혀 속삭일
수 없었지만 정오, 안식일 정오엔 아주 유창하게 말씀
하셨죠. 수치심에 얼굴이 붉어졌고 말입니다. 저 소년
에겐 지나칠 정도로 화를 냈고요ㅡ

(경직되어 있던 라마세더가 다시 원기를 회복한다)

ㅡ밤엔 이미 죽은 상태였습니다. (재차 앞으로 나와 관객
에게 말을 한다) 아버지는 계속 말씀을 했습니다. 떠들어
대었고, 이론을 제기했지요. 그런데 제가 보기에 근본
적으로 아버지가 원하셨던 것은 사람들이 당신에게 귀
를 기울이는 것이었습니다. 다시 한 번 당신의 입을 사
용하고자 했던 것이지요. 하느님에게… 가기 전에 마지
막으로. 여러분들에게 그것은 간단한 일이지요. 여러분
들은 모든 가능한 것들ㅡㅡ담배ㅡㅡ캔디ㅡㅡ젖꼭지
에 입을 사용할 수 있잖아요. 이 망할 놈들! 그런데 아
버지께는 1월 안식일 정오 그 순간뿐이었습니다. 음식
이 완성되기를 기다리는 동안 아버지에게 중요한 것은
단 한 가지였어요. 당신의 형제들을 깜짝 놀라게 해주
기 위해 당신의 입을 사용하는 것 말입니다. (가장 높은
나무 침상에서 자신에게 이불을 던지는 랑에게 눈짓을 한다)
이리 오렴, 미란다.

(이불을 머리와 어깨에 걸치고 탁자 위에 앉는다. 그의 눈짓에 라마세더가 그의 팔에 바싹 달라붙는다. 다른 사람들도 뻣뻣한 죽음에서 되살아난다)

아니 ─ ─ 티타니아? ─ ─ 라비니아? ─ ─

(라마세더에게)

"내가 너를 다시?
우리를 갈라놓으려는 자는 하늘의 화염으로
여우들처럼 우릴 내몰아야 하리. 울지 마오!
흑사병이 여우들을 먹어치울 것이라네, 피부와 머리를,
여우들이 우리를 울리기 전에 ─ 아니, 여우들은 그전에
고통받으며 죽어갈 것이네…"

(갑자기 중단하고 손으로 얼굴을 가린다)

네 ─ 그 이후에 그가 무너져 버렸답니다. 사람들이 저에게 그렇게 알려주었지요. 그들은 박수를 쳤지요.

(박수)

그림자가 더 길어졌군요.

(휴지)

누군가 그것을 처음 들었어요.

(바이스가 짭짭 소리를 내며 수프의 맛을 본다)

그들이 오른쪽으로 몸을 돌렸습니다. 바이스가 입술로 '짭짭' 소리를 냈고요. 순전히 직업적으로 그랬다고 강

조하고 싶군요.

(다른 사람들도 오른 쪽으로 몸을 움직인다)

상당히 천천히 모든 것이 진행되었습니다. "누군가 완성되었어?"라고 물었고, 바이스가 아직 아니라고 대답했지요.

바이스 아직은 아니요.

랑 완성되었느냐고 물은 사람은 바로 저였어요.

온켈 너든 다른 사람이든 상관없어. 바이스가 자신을 가만히 두라고 했고요.

바이스 가만히 둬.

온켈 소년이 "시식해도 될까요?"라고 물었지요.

라마세더 시식해도 될까요?

온켈 말도 안 된다고 바이스가 말했습니다.

바이스 말도 안 돼.

온켈 마치 자동인간들처럼 모두 오른 쪽으로 몸을 움직였어요. 저항하지 못하고 냄비에서 오른으로 이끌렸던 것이지요. 클라움이 눈에 띌 정도로 불안해 했죠. 그는 그 어떤 것으로도 식사 시간의 감명을 침해당하고 싶어 하지 않았거든요…

클라움 뭘 모르는 사람들 같으니! (그에게 몰려드는 다른 사람들을 내치려고 한다) 그대로 있으시오! 되돌아가란 말이오!

바이스 (소리친다) 아직 완성되지 않았다니까요! 완성되면 말하
겠어요. 모두 제 주위에 둘러서 있으면 일을 할 수 없어
요. 부엌에서 나가요, 나가라니까요!

(입술에 빨간 아교를 물고 러닝셔츠 속에 조그만 편자 상자를
넣은 라마세더가 앞쪽으로 공중제비를 친다. 탁자 있는 데로
달려가 아교를 위에 올려놓고, 편자 상자를 의자에 놓는다.
상의는 보조의자에 걸쳐 놓고 탁자에 등을 기대고 앉는다. 팔
꿈치는 탁자 위에 놓고, 다리는 쭉 편 채 의자에 걸치고 있다)

온켈 (그러는 사이) 격투가 벌어졌답니다. 소년이 갑작스럽게
사람들 무리에서 내던져졌지요. 몇 발자국 걸어간 후
곧 고꾸라지고 말았어요. —클라웁이 다가가 그의 등에
꽂힌 칼을 뽑아냈지요. 그 칼이 고울로스에게 넘겨졌고
요. 이 손 저 손으로 옮겨지다 바이스에게 다시 되돌아
갔습니다.

(사건이 발생한다)

바이스 (앞으로 달려가 탁자 위에 올라선다) 이런 조건에서는 일
을 할 수가 없어요! 도대체 무슨 일이 벌어진 거죠? (자
기 손에 들린 칼을 회의적으로 본다)

온켈 불행한 사고네.

랑 라마세더가 죽었어요.

히르쉴러 행운을 잡은 게지!

온켈   모두 앉으시죠. 추모의 포즈를 취해봐요. 각자 자신의
        방식대로 말입니다. 집시는 '라모나' 를 노래한다든가
        아니면 부적합한 비가를 부릅니다.

집시   (노래한다) "라모나…"

라마세더   입 닥쳐.

        (집시가 침을 뱉는다. 라마세더가 겉옷을 걸쳐놓은 의자에 온
        켈이 앉는다. 온켈이 겉옷을 손으로 들어올린다)

        전 언제나 학교를 싫어했어요.

온켈   네 마음 이해할 만하다.

라마세더   그런데 당신은 존경했답니다.

온켈   그런 말 들으니 기쁘구나.

라마세더   많은 것들을 이해했으니까요.

온켈   그것으로 만족한다.

라마세더   다른 것은 제게 설명해 주셔야 해요.

온켈   시간이 충분치 않구나.

라마세더   (투덜대며) 그럼 아주 간단한 말로요.

온켈   그래, 알겠다. 용서해 주려무나.

라마세더   모든 것이 분명해야 하니까요.

온켈   해명하기 어려운 문제들도 많단다.

라마세더   당신의 흰 손수건이 저는 궁금합니다.

온켈   이것은 기억이란다.

라마세더　도대체 그것이 무얼 뜻하지요?

온켈　나의 생활사를 설명해주란 말이냐?

라마세더　이해하고 싶으니까요!

온켈　나는 고고학자가 아니다.

라마세더　늘 그 구실!

온켈　애야, 다시 학교에나 가렴!

라마세더　저희가 수용소에 처음 왔던 날 말인데요. 잘 알 수가 없어요.

온켈　해가 났었지, 그렇지?

라마세더　그게 중요한가요?

온켈　그렇진 않지. 그렇지만 그것은 틀림없는 일이니까 말이다.

라마세더　예수가 돌아가셨을 땐 태양도 몸을 숨겼어요.

온켈　그래, 예수는 태양이 보이지 않도록 내버려 두었다.

　　　(휴지)

라마세더　저희들이 체포되던 날 당신이 입었던 양복은 아주 이상했어요.

온켈　내 결혼식 양복이었다.

라마세더　(조롱조로) 실크해트를 쓰고 ─ 감옥행을 했단 말예요?
누구와 결혼하려는 거였나요?

온켈　그것은 하나의 제스처였다.

라마셰더   그것을 어떻게 이해해야 하지요?

온켈   축제 구실로 삼은 것이었다.

라마셰더   그들은 당신에게 거리를 청소하게 했어요!

온켈   그래, 내가 말하려는 것이 바로 그것이다.

라마셰더   당신은 왜 그들을 쳐 죽이지 않은 거죠?

  (온켈이 침묵한다)

  그리고 남자들이 당신을 데리러 와서 큰 출입구를 통해 밖으로 질질 끌어낼 때 당신은 '당신네들, 이 양반들' 이라고 말씀하셨죠. 제가 당신이 말씀하셨던 여러 가지를 기록해 두었거든요. 예를 든다면 당신은 "거위들이 왔다"고 하셨죠.

온켈   그렇다.

라마셰더   나치를 뜻했던가요?

온켈   그래.

라마셰더   그런 다음 당신은 왜 가만히 있었던 거죠, 왜냐고요?

  (온켈이 침묵한다)

  당신은 또 이렇게도 말씀하셨어요. "거위에 저항하는 유일한 방법은 가능한 한 거위처럼 되지 않는 것이다." 그게 무슨 뜻이죠? 가령 흰 장갑을 착용하는 것인가요? 식사 시간을 저주하는 것이오? 아니면 굶는 것입니까?

바이스   (냄비 안을 들여다보고 있어 아주 멀리에서 울리는 것 같다)

이웃 ― 사랑!

라마세더 당신은 또 이렇게도 말씀하셨지요. "그리고 신이 아브 라함에게 말씀하셨느니…" 아, 젠장, 그분이 뭐라고 말 씀하셨지?

바이스 (위에서처럼) 너의 ― 손을 ― 소년에게 ― 대지 마라!

라마세더 뭐라고 하는 거요? 젠장할. (그가 눈물을 쏟는다)

헬타이 (초조하게) 아니다, 아니야. 울지 마라. (그가 라마세더를 옆으로 보내고 잘 돌보라는 뜻을 전한다. 젤라틴을 집어 탁자 의 다른 편에 갖다 놓는다. 중얼거리면서) 여기 있었는데. (상자를 들어 다른 곳에 갖다 놓는다) 저기에 놓여 있었는 데. (라마세더의 의자를 그가 차지한다. 그런데 관절이 삐고. 무릎이 꺾이며, 발이 엇갈리고, 몸이 앞으로 굽는다. 휴지. 라 마세더의 역할로) 뭐라고 하는 거요. 젠장할?

(휴지)

저희가 머물렀던 첫번째 수용소에서 당신은 이상한 태 도를 취했어요. 모두 바닥에서 잠을 자려고 하는 밤에 당신은 전등 아래에 선 채로 뭔가 읽고 있었죠. 제가 당 신에게 물었지요. "온켈", "당신은 왜 다른 사람들처럼 누워 자지 않습니까?" 그때 당신은 이렇게 말씀하시더 군요. "어떤 상황에서는 서 있는 것이 필요하단다"라고 요.―다 허튼 소리예요. 또 저희가 찬바람이 몰아치던

제펠 수용소로 옮겼을 때 한 남자가 저희 앞에서 침을 뱉었어요. 저희가 짐차에서 내릴 때 말이죠. 당신은 그를 엄하게 쏘아보았지요, 그렇게 엄하다고는 못하겠지만 말예요. 그러자 그 남자가 스스로 사과를 해왔지요. 어떻게 그렇게 할 수 있었던 건가요? 그것을 알 권리가 있다고 생각합니다! 바로 여기, 여기 이 공간에서 당신은 말씀하셨지요. 나는 그것에… 그것에 저항하고 있다고 말이죠.

히르쉴러 이제 공포에 관해.

헬타이 (소리친다) 저는 겨우 열두 살입니다. (일어선 후 라마세더를 손짓하여 부른다. 라마세더는 '적합한' 위치에서 다시 의자에 앉는다)

라마세더 이 상자를 당신에게 주고 싶었어요.

헬타이 그래, 그래. 그게 더 정확하지.

라마세더 아무것도 들어 있지 않아요. 하나의 상자에 지나지 않지요. 당신에게 드리지 않겠어요. 일어서서 당신이 그 남자들을 죽이길 저는 원했어요. 그런데 당신은 마치 웨이터처럼 서성이고 있을 뿐이죠. 제기랄, 당신은 이 돼지 같은 놈들을 사랑한다지요! 오늘 밤 저들이 당신을 가스로 질식시켜 버렸으면 좋겠군요. 아니면 오븐에 처넣어 버리든가 말이오.

(그가 죽는다. 그의 입에서 '쉬쉬' 소리가 난다. 상자가 그의
손에서 떨어지고, 그의 머리는 탁자 위에서 아래로 내려앉는
다. 휴지. 온켈이 라마세더를 응시한다. 그런 후 일어나 탁자
주위를 맴돌고 라마세더에게 몸을 굽힌다. 그의 코를 건드린
다.—살아 있는 흔적이 없다. 라마세더 옆에 앉아 역겹도록
큰 소리로 말하기 시작한다)

온켈 라마세더, 너에게 몹시 실망했다. 겨우 열두 살이라는
사실 알고 있다. 그렇지만 그것이 결코 구실은 못 된다.
너는 계속 규칙을 위반하고 있어. 너의 웃옷은 어디 있
는 거냐? 잠잘 때에도 늘 입고 있어야 한단 말이다! 여
기 이것은 뭐지? (손바닥으로 라마세더의 바짓가랑이 부분
을 친다) 녹슨 자국은 허용할 수 있지만 진흙 부스러기
는 긁어냈어야지. 찬바람이 불고 있는 지금 너는 왜 웃
옷을 종이로 박제해 놓지 않은 거냐? 신발은 어떻게 했
지, 라마세더? (그는 격정적으로 라마세더의 맨발을 밟는
다) 내가 말한 대로 왜 발 주위를 천 조각으로 휘감지 않
았지? 신발을 누르고, 문질러 닦으라고 했지, 여기 티눈
이 딱딱해지고 있구나. 신발은 너를 죽음으로 몰고 갈
수 있으므로 신발에서 한눈을 팔아서는 안 된다고 했
지. 한눈을 팔면 도둑맞게 되니까 늘 지니고 있으라고
했다. 빨래할 때는 무릎 사이에 끼고, 잠잘 때는 머리 아

래에 밀어 넣어야 한다고. 그런데 라마세더, 이런 것도 죽는 방식일까? 열두 살, 이 눈부신 날, 그 누구도 너를 껴안지 않는단 말이냐? (그가 라마세더를 팔에 안는다) 도대체 너는 그것을 배우려 하지 않아? (관객에게) 아버님이 라마세더를 높이 들어 올렸습니다. 아버님께 쉽지 않은 일이었죠. 아버님의 연령에 말입니다. 밖으로 옮겨다 놓았답니다. 안에 있던 사람들은 저희 아버님이 밖에서 사납게 땅을 긁는 소리를 들을 수 있었다고 합니다. 자기 새끼의 무덤을 만들어주기 위해 뼈를 파헤치는 개처럼 말입니다.

(히르쉴러가 천천히 손톱으로 탁자 위를 리듬 있게 긁기 시작한다. 힘들게 라마세더를 들어올린 온켈은 비틀거리면서 보조의자가 있는 곳에 그를 옮겨놓는다. 그 보조의자에 라마세더의 웃옷이 놓여 있다. 라마세더를 그곳에 내려놓은 후 한동안 그를 내려다보고 있다. 다시 라마세더를 어깨에 걸치고 문 쪽으로 데려간다. 종잡을 수 없는 미소를 띤 채 바이스가 풀어져 흔들거리고 있는 라마세더의 팔을 가볍게 친다. 팔이 이리저리 흔들린다. 어깨에 그를 걸치고 있는 온켈이 몸을 돌려 클라웁을 쳐다본다. 큰 소리로)

내일 점심으로 어떨까?

(잠시 긁는 일을 그만두었던 히르쉴러가 다시 시작하는 동안

온켈은 문을 통해 사라진다. 긁는 소리가 그친다. 바이스가
하시디즘(유대교에서 일어난 신비주의적 경향의 신앙 부흥
운동)의 춤을 추기 시작한다. 점차 템포가 빨라진다. 리듬을
섞어가며 텍스트를 노래한다. 잠시 후 다른 사람들도 박자에
맞추어 손뼉을 치기 시작한다. 춤추는 사이 바이스는 라마세
더의 웃옷을 집어 높이 들어 올린다. 마치 제물을 바치듯. 끝
으로 점점 큰 소리를 내면서 몇 마디를 내뱉는다. 그러는 사이
웃옷을 점점 더 빠르게 머리 위로 돌린다)

바이스 "사과 튀김 요리법 — 사과 튀김 요리법 —

사과 튀김은 자루가 달린 프라이팬으로 만들 수 있지
요 —

그런데 기름을 충분히 부어 둥둥 띄우면서 튀겨내는 것
이 가장 좋고요 —

180도 튀김 온도로 열을 올려 —

사과 조각에 밀가루를 묻힌 후 —

충분한 기름에 — 양면을 황갈색으로 구워내지요…"

(그가 상의를 머리 위로 흔들어댄다. 점점 격렬하게—그런 후
그것을 힘차게 내던진다. 노래가 돌연 그친다)

집에 가겠어요. 철조망 위로 걸어갈 것이오!

(그가 달려가려고 한다. 히르쉴러와 클라웁이 그를 제지한다)

그 개들 중에 한 마리를 죽이고 말겠단 말입니다!

(히르쉴러와 클라옵이 그의 팔을 등 뒤로 구부린 후 그를 확실하게 붙잡는다)

놔둬! 놔두란 말이오! (정지한 채 변화된 음성으로 관중에게 말을 한다) 제비꽃, 참새, 사내아이들이 바이스의 눈에서 눈물을 쏟게 했습니다. 게슈타포 중에 멋있는 두 녀석이 바지를 내리라고 그에게 요구하고, 그 조그만 물건이 차렷 자세를 취할 때까지 그 누구도 바이스를 유태인이라고 생각하지 않았지요. 여러분, 그렇다고 그것으로 독단을 만들어선 안 된다고, 그가 말했답니다. 영국 왕실조차도 절단에 찬성을 표했지요. 그런데 그런 반론은 아무런 인상도 주지 못하는군요. 그들은 그에게 명령했지요. "승리!"라고 외치라고 말이죠. 그는 거부했고, 그들은 그의 가슴이 아무것도 느끼지 못할 때까지 두들겼답니다. 그들은 그를 능욕까지 했으나 그는 그것을 즐겼지요. 그는 어느 정도 파우스트적 본성을 지녔던 것이었죠.

(그가 밀치면서 몸을 뿌리친다. 클라옵이 쩝쩝대며 먹는 소리를 낸다)

용서하시길.

(히르쉴러도 같은 소리를 낸다. 여러 곳에서 다른 사람들도 점차 같은 소리를 낸다)

용서하시길. 용서하세요.

(그가 냄비 있는 데로 되돌아간다. 도중에 헬타이가 그에게 국자를 넘겨준다. 냄비 뒤편에 이르러 다시 젓기 시작한다)

30분 후면 음식이 완성될 것이오.

(클라웁이 젤라틴 한 조각을 탁자에서 줍는다. 빛에 비추어 쳐다보고 바닥에 떨어뜨린다)

클라웁 이제 청소.

(다른 사람들이 재빠르게 청소한다. 물통과 빗자루가 분배되고, 모두 줄을 지어 뒤쪽으로 선다. 무대를 가로질러 클라웁이 가운데 있다. 모든 것이 준비되면―)

시작!

(모두 무릎을 꿇고 동일한 움직임으로 바닥을 문질러 닦는다. 이때 그들이 관객을 응시한다. 그들이 가까이 점점 가까이 다가온다. 랑이 주저앉고, 나중에 고울로스, 차례로 다른 사람들도 주저앉는다. 마지막으로 클라웁이 혼자 문지르며 닦는다. 무대 한가운데 앞쪽으로 나온다. 그런 후 그 역시도 넘어진다. 유일하게 참여하지 않은 바이스가 뒤에서 계속 냄비를 젓고 있다. 마침내 그를 비추던 빛이 꺼진다)

제2막

휴지가 끝나갈 무렵 배우들이—온켈을 제외하고—차례차례 무대로 나와 여기저기 흩어진다. 개인적으로 서로 말을 주고받고, 의자의 위치를 점검하며, 소도구들을 제자리에 놓는 행위 등.

푸피와 라마세더가 마지막으로 등장한다. 바이스는 히죽히죽 웃으며 푸피에게 냄비를 가리키고, 흥미롭게 안을 들여다본다. 그가 웃다가 더 이상 웃지 않는다.

무대의 앞 가장자리 오른쪽과 왼쪽에 푸피와 라마세더가 꿇어앉아 손톱으로 리듬을 섞어가며 좌석의 표면을 긁기 시작한다. 문은 열려 있고, 온켈이 입장한다. 양 손에 모래 약간을 가지고 있다. 긁는 소리가 멈춘다.

온켈   (매우 빠르게) "주님이 너를 죽일 때까지 너를 추적하겠노라 — —"(중단한다) 죄송하지만 저의 아버님 얼굴이 붉었나요, 아니면 창백했나요?

히르쉴러   시체처럼 창백했네.

온켈   저희 아버지를 보는 게 두려웠나요?

(히르쉴러와 헬타이가 시선을 교환한다. 히르쉴러가 대답하려고 하지 않는다)

헬타이 　오, 어떤 종류의 두려움 말인가?

온켈 　참고로 말씀드리자면 그 무렵 아버지는 전혀 이가 없었
을 테니까요.

(히르쉴러와 헬타이가 시선을 교환한다)

중얼댔지요, 그렇지 않아요?

히르쉴러 (나직하게) 그렇다네.

온켈 　(어릿광대처럼, 힘차게 중얼대면서) "그런데 놀랍게도 너
는 지상의 모든 왕국이 될 것이다…"

클라웁 　자네 왜 그를 웃음거리로 삼으려 하나?

온켈 　(신과 대화를 나누기 시작한다) 당신이 제게 원하시는 게
뭐였나요? 당신은 당신의 종으로 하여금 왜 그들을 괴
롭히게 놔두시죠? 당신은 왜 이 인간의 짐을 제게 지우
시나요? 제가 그들을 임신시키고 태어나게 하였으므로
"그들을 너의 팔로 떠안아라"라고 말씀하시죠. (그가 귀
를 쫑긋 세운다, 마치 응답으로 무언가를 듣는 것처럼) 저 혼
자 그들을 떠안을 수 없습니다. 제가 짊어지기 어렵단
말입니다. 저들은 제 앞에서 울면서 말합니다. "누가 우
리에게 먹을 고기를 주지요? 우리가 이집트에서 공짜
로 먹었던 물고기, 오이, 멜론, 마늘이 생각나요. 이제
아무것도 없으니 우리의 영혼은 메말라 있어요."

랑 　뭐하는 거예요?

클라웁   기도하는 거지, 뭐하겠냐?

온켈   아니, 기도하는 것이 아니오. 그에게 의견을 말하는 것
입니다. 들어보시오! 당신! 난 당신과 말을 하는 것이오!
우리는 곧 죽게 됩니다.

(다시 위를 향해 귀를 쫑긋 세운다)

아직 이틀이 남았다고요?―

몸에 치를 떨면서 아이들이 저희들의 뼈를 갖고 노는
군요.

저희들의 묘지에 대한 혐오는 아무런 쓸모가 없습니다.

사람들은 저희들을 사랑하는 사람들처럼 긴밀히 결합
시켜 밀착시켜 놓지요.

그렇지만 죽어가는 순간에도 저희는 외로워요.

사람들이 모아서 9월에 불태우는 나뭇잎들처럼

저희는 홀로 썩고 떨어지지요.

몇몇은 침묵을 위엄삼아 그것을

조용히 견뎌냅니다.

또 몇몇은 뜨거운 것에 덴 고양이처럼 끽끽거리고요.

헛되이 출구로 몸을 들이밀어

내가 여기 있었노라! 하고

시멘트에 조그만 작별의 통지를 만들면서

손가락이 깨질 때까지.

(위에서 비난의 소리처럼)

나는 불평하지 않는다!

탄식엔 진저리가 난단 말이다. 우리들의 간이 변소는 이미 기념비가 되었고, 전 세계가 우리들의 뼈를 알고 있다.

너의 동정심, 너의 정의감, 너의 사랑조차 불쾌하다.

그런 것에 대해선 알고 싶지도 않단 말이다.

난 아직 자존심이 있거든—

이 진창, 이 야만, 이 살육의 장소, 아우슈비츠에서 말이다!

약간의 정보를 갖고자 할 따름이지.

왜 그것이 그렇게, 그런 방식으로 끝나야 했는지 알고 싶은 것이다.

헬타이 그런 엉터리를 신에게 설명하고 있나?

온켈 이 모든 것들과 더 나쁜 것들이죠.

헬타이 자네, 대답을 기대하는가?

온켈 (소리친다) 대답을 요구하지요!

(그가 앉아 있는 사람들 눈에 모래를 던진다. 그들은 손으로 얼굴을 가리고 눈을 비빈다)

집시 (조소하며) 온켈이 다시 나타났어요!

（겁먹은 글라츠가 뛰어올라와 정신없이 무대를 가로질러 달린다. 동일하게 내달리고 있는 고울로스와 자리를 바꾼다）

히르쉴러 (일어난다) 잠깐! 됐소. 우리가 두려움을 가졌었소. 그런데 두려움을 갖는 사람은 어떻게 하죠? (마치 삼류배우처럼 여러 가지 두려운 행동을 연기한다)

헬타이 그게 아닌데요.

히르쉴러 나서지 마시오, 알겠소? (코를 길게 하고 혀를 쭉 빼며, 어깨 아래를 가려운 듯 긁는다)

헬타이 벌써 다 해결됐잖소.

히르쉴러 (의자 위로 껑충 뛰어오른다) 마치 버릇없는 아이들처럼 행동했지요.

헬타이 이제 병적 격정을!

히르쉴러 (여섯 살 아이처럼) 저기 누구예요, 네!

헬타이 (똑같이) 온켈이 다시 나타났어요!

온켈 (아이들을 즐겁게 하려는 어릿광대처럼) 아이들의 왕국이 시작되었지요 — (손 장갑을 끼고, 우습게 손가락을 흔든다) 아들들이 명령권을 인수했습니다.

무리를 지어 계단을 뛰어내려오고

그릇을 박살내고 내무반을 난장판으로 만들었지요.

깊은 밤엔 덤불 뒤에 매복하여

늙은 신사를 기다렸답니다 —

그가 오면 그들은 어둠 속에서 그에게로 쏟아져 나와,

그를 넘어뜨리고, 그를 토막 내고, 먹어치웠지요.

(작별의 몸짓과 함께, 다른 사람들도 그것을 열광적으로 흉내

낸다)

안녕, 이성의 시대여, 안녕, 확실성이여,

안녕, 뻣뻣한 모자들과 자랑스런 희망이여,

안녕, 넓은 바지와 한쪽을 찔러 넣는 것도

잠들기 전 체념적 탄식도,

안녕, 시대의 충만함이여. 장미는 일찍 사라지지요.

아무런 상관이 없다네. 현재만이 존재하지.

현재―지금, 지금, 지금, 나, 나, 나, 나,

현재!

바이스   (껑충 뛰며, 엄지손가락을 입에 물고 온켈을 지나쳐 간다) 안

녕하세요, 온켈! 도대체 어디 있었어요? 온켈?

온켈   잠이 들었었나 보네.

집시   (남자의 이상한 가성으로) 온켈이 졸았다는군요!

바이스   낮잠이겠죠!

집시   (위에서처럼) 잠깐 눈 붙인 낮잠 말예요!

랑   (온켈에게 춤추듯 나아가며, 동성애의 억양으로) 그런데 리

알토에서 뭔가 새로운 게 있었어요?

(다시 그가 몸을 돌리는데 온켈이 그를 제지한다)

온켈	내가 꿈을 꾸었던 것 같다.
헬타이	(높고 가는 소리로) 모두 조용히 해요, 제발! 온켈이 꿈을 꾸었다는군요!
히르쉴러	(바보 같은 어린아이 말투로) 무서운 생각이 들어요, 꿈에 우리를 죽이려 해요!
	(글라츠가 무엇이 일어날지 예감하는 듯 그 장소를 떠나려 한다)
집시	어디가려고요, 네?
글라츠	(유치하게) 몰라요.
집시	밖으로 난 길은 없어요. 커다란 굴뚝을 통과하는 길밖에는, 그러니 자, 앉지요.
글라츠	알았소. (앉는다)
집시	온켈, 무슨 꾸… 꿈을 꾸었단 말입니까?
온켈	우리가 집에 있었네.
	(클라움을 제외하고 모두 발을 쿵쾅거리고 머리를 흔든다. 돌발적인 공포에 젖어)
클라움	그렇게 별난 이야기도 아닌걸요.
온켈	맞네. 수감자들이 보통 꿀 수 있는 꿈이지. 자네들 다시 집에 있다네.
	(그들이 발을 쿵쾅거리고 머리를 흔든다)
	모든 것은 정상이고, 안심해도 되네.

(점차 그들이 조용해진다. 곧이어 그가 다른 사람들을 의식적
으로 선동한다는 사실이 분명해진다)

그들은 가고 없어. 나쁜 일은 더 이상 일어날 수가 없지.
햇빛이 비치고 있군. 그들이 거리를 쭉 걸어가고 있어.

(하아스가 기침 소리를 내며 눈을 감는다)

고울로스   (눈을 감고 어떤 것을 가리킨다) 소녀가 막 양말을 신는 중
          이오.

바이스   (귀를 기울이며 눈을 감는다) 교회의 종소리.

히르쉴러   딩―동. 딩―동.

랑   전화가 울리는데요.

히르쉴러   전화가 울린다고?

헬타이   그래, 이 바보야, 전화가 울려, 아주 정상적으로 말이다.

다른 사람들 아주 정상. 아주 정상.

헬타이   여보세요, 누구시죠?― ― 전데요.

          (클라웁 이외에 다른 사람들 웃는다)

글라츠   어머니! 어머니! 어머니시죠?

온켈   이웃들이 자네들에게 말을 걸고 있네 ― ―

          (공포에 사로잡혀 그들은 머리를 흔들고 발을 구른다)

          ― ―아무렇지도 않네. 그들이 자네들에게 손을 흔들고
          있군. 자기들의 걱정을 말하고 있는 것이네. (눈을 감고)
          "우리 오늘 밤 어디에서 먹지?"

히르쉴러	"어이, 베르니, 너 가스 잠갔어?"
헬타이	"나는 담배를 너무 많이 피운다니까."
집시	믿을 수 없는 일이오! 믿을 수 없는 일이라구요!
바이스	"우유로 할까 아니면 레몬이 좋을까, 주인장?"ーー"두 가지 다."

(클라웁 이외에 다른 사람들 웃는다)

온켈	파도에 운반되듯 경쾌하게 사람들이 계단을 오르고 있 군. 개 한 마리가 짖고 있고ーー

(그들은 발을 구르며 머리를 흔든다)

ーー그런데 그것은 별 의미가 없네. 전화가 울리고, 얼룩말 제복을 입은 사람이 서 있군. 해골에서는 냄새가 나고ーー

(그들은 발을 구르며 머리를 흔든다)

ーー하지만 괜찮네. 그녀가 문을 열고 있어.

집시	어머니!
히르쉴러	"너 어디에 있었냐?"
헬타이	"약속했던 대로 너는 왜 금요일에 오지 않았어?"
히르쉴러	"그들이 너에게 어떤 것을 먹이든? 닭똥을?"
집시	"들어오너라, 내 아들아."
온켈	누군가 들어오고 있군. 얼굴을 씻고, 책상 옆에 앉지.

(하아스가 다리를 펴고 앉는다)

신발을 벗고 있군.

집시   (격정적으로) 어머니가 그의 신발을 벗겨줘요!

온켈   어머니가 그의 신발을 벗겨준다네. (그가 하아스의 신발을 벗긴다) 우선 위를 안정시키기 위한 뜨거운 수프 한 잔 어떨까?

히르쉴러   마체 만두를 곁들여서요? (그가 간이의자에 앉으려고 한다)

온켈   네가 원하는 모든 것으로… 안 돼. 미안하네만 이 의자는 예약되어 있거든…

히르쉴러   (온켈이 그의 신발을 벗기는 동안) 수용소에서 그들은 저를 세 발 달린 의자라고 불렀지요. 두 발 가진 사람이 이토록 냄새날 수는 없다나요.

헬타이   (히르쉴러 옆에 앉는다) 저녁 식사로는 뭘 먹지요?

온켈   (헬타이의 신발을 벗긴다) 내가 고기를 구워놓았다네.

히르쉴러   대단하시군요! 어떻게 준비할 수 있었죠?

온켈   내 침대 시트를 팔았다네.

헬타이   말고기는 아니겠죠?

온켈   그런 걸 주지는 않지!

헬타이   마실 것으로는 뭐가 있지요?

온켈   있네, 아주 질이 좋은 리슬링 백포도주로 말이네.

헬타이   차게 하셨나요?

온켈   차게 했지 ─ ─ (헬타이의 투덜거림에) ─ ─ 그렇게 차지는
        않네만.

히르쉴러 그렇게 하지 않으면 거품이 일지 않지요.

헬타이   난 거품 같은 건 상관하지 않아요. 검소해졌거든요. 제
        오줌을 직접 마신 적이 있으니까요. 나는 또 ─ ─
        (그는 당황하여 중단하고 입을 손으로 가린다)

히르쉴러 (일어서서 무대의 앞 가장자리로 나와 관객에게 말을 한다)
        어젯밤 저는 뇌 함석장이 집에 있었지요. 그 사람은 200
        살이나 되었고, 빈 출신이며 영어를 전혀 못합니다. 제
        가 알고 있는 한 그는 완전히 귀머거리지요. 제가 눕듯
        이 그는 그의 보청기를 내려놓습니다. 저는 그저 단순
        한 말을 내뱉지만 제가 어떤 상태인지 아는 데는 아무
        런 상관이 없거든요. 제 컨디션이 좋은 경우 그의 흥미
        를 불러일으키기도 합니다. (잘 듣지 못하는 분석가 흉내
        를 낸다)
        "그런데, 당신 누이는…" 누이 말씀입니까? 어떤 누이
        말이죠? 당신에게 온 지 5년이나 되었어요. 복 선생님,
        치료 받으러 올 때마다 50달러를 지불하고 있고요. 그
        사이에 제게 누이가 없다는 사실을 모르셨나요!─그건
        그렇고. 여기에 눕겠습니다. 등을 평평하게 펴고, 터키
        산 꿀을 먹으며 그 꿈에 관해 설명하겠어요. (분석가로

서) "꿈? 어떤 꿈 말씀입니까?"

(온켈이 가까이 다가온다)

제 꿈에 논畓에 빠진 아이를 보았어요! 그 아이의 눈 한쪽은 커다랗게 터져 구멍이 나 있었고, 코는 불에 타 없어졌으며, 혀는 잘려 있었지요 그런데… 말입니다. 거기서 매혹적인 것이 있었는데… 제가 행복했다는 것입니다! (분석가로서) "무엇 때문에 당신은 불행했지요?" (울부짖으며) 이 바보야, 불행하지 않았고, 행복했다고! 저는 행복했습니다. 다른 모든 사람들도 살인자라는 사실, 저 혼자만이 아니라, 모두가 살인자라는 사실이 명백해졌기 때문이지요. 알겠소? 모두 다 말이오! (분석가로서) "모두는 아니오."

(온켈이 히르쉴러의 손을 자신의 어깨에 놓고 가벼운 완력으로 그의 자리로 되돌려 놓는다)

그놈 얼굴을 쳐버렸어요! 정확하게 성공했지요.

랑 (눈을 감고 자리에 앉는다) 어머니, 종양이 다시 저를 괴롭혀요. 요쿠르트와 약간의 모차르트(치즈)만 먹을 수 있어요. 제가 많이 변했나요?

(온켈이 랑의 신발을 벗긴다)

절 쳐다보려 하지 않는군요. (소리친다) 쳐다보세요! (발톱과 유사한 자신의 손을 가리킨다) 보란 말예요. (자기 잇

몸과 혀를 보여준다) 보시라고요. (뭉텅이로 머리를 뽑아낸
다) 보세요!

(온켈이 랑을 껴안는다. 하지만 랑은 애무를 피하고 일어서
무대 가운데로 가 관객에게 말을 한다)

랑 그 청년은 언제나 어머니에게 공포를 안겨주려 했습
니다. — — 산을 기어오르고 — — 사랑에 빠지고 — — 담
배를 지나칠 정도로 피우고 — — 그런데 그의 대단한 어
머니는 어떠한 것에도 마음이 동요되지 않았답니다. 그
가 어머니를 마지막으로 보았던 전기선 다른 편에서…
어머니는 당근을 씹고 있었지요. 상상해 보시겠어요.
그 무렵 그들은 아직 당근을 갖고 있었어요… 그가 철
망 가까이에 다가갔습니다. — — (그가 손가락을 벌린 채
손을 들고 천천히 동일한 방식으로 손을 들고 있는 온켈에게
다가간다) — — 아주 가까이 — — 그가 그것을 꼭 붙잡았
지요. 생명의 위협에 빠져든 것입니다. 그런데도 그의
어머니는 태연자약했답니다.

(온켈의 손가락이 랑을 휘감고 그를 자리로 인도한다. 그 사
이에 바이스와 집시가 오른쪽과 왼쪽에서 경쾌하게 뛰어나와
옆에 앉는다)

바이스 제가 친구를 한 명 데려왔어요. 여기에서 잘 수 있겠죠?
온켈 거실 소파에 그 친구 잠자리를 만들어주마.

바이스	그럴 필요 없어요. 저희 결혼했거든요.
	(온켈이 혐오감을 표시한다)
집시	누가 되지 않았으면 합니다.
온켈	진심으로 환영한다오.
집시	존경하옵는 부인, 제가 그것을 봤습니다… 차라리 제 눈이 보이지 않았더라면 하고 바랐지요.
	(그 사이에 고울로스가 일어나 여러 번 주먹을 들어 가상의 문을 두드린다. 온켈이 조용히 그것을 그만두게 할 때까지)
고울로스	실례지만, 여기 고울로스 부인 살고 계십니까?
	(휴지)
온켈	제가 그 사람입니다만.
고울로스	(모자를 벗는다) 제가 당신 아들입니다.
온켈	누구라고? (한참 후 충격을 받아) 오!…
	(그가 고울로스를 껴안고 키스하며 그의 자리로 데려간다. 홀로 오른편 의자에 앉아 있는 글라츠가 불안해 한다)
글라츠	어머니! 거기 계세요? (교통 소음을 흉내 낸다. 대기에 자기 팔을 뻗는다) 부르릉, 부르릉.
온켈	무슨 일이냐?
글라츠	(기계적으로) 오늘 밤 왕래가 잦네요. 제가 다시 돌아왔어요, 어머니.
온켈	잃어버린 아들이 돌아왔구나.

글라츠 (이마를 문지르며) 아니요. 저희 어머니는 그렇게 말씀하
시지 않아요.

온켈 (위로하면서) 그럼 뭐라고 하는가?

글라츠 (민첩하게) "오지 말았어야지. 지금은 너무 이르다. 그들
은 아직 떠나지 않았단 말이다. 공공연히 조롱하는 자
들이 이 도시 사방에 있다." (난폭하게 공간을 가리킨다)

온켈 피곤해 보이는구나. 신발 벗겨 줄까?

글라츠 (흥분하여) 틀렸어요, 그렇게 하지 않는다니까요. 어머
니는 친절하지 않았어요. (좀 더 빠르게) "뭐 가져왔나?
돈 가지고 있어? 사과 가져왔냐? 5년이나 지나서 아무
것도 없이 그냥 돌아올 수는 없는 일이지." ─ 우습지요.
저는 왜 어머니를 욕심 많은 마녀로 상상하는 걸까요?
좋은 분은 아니었어요. 그렇다고 제가 지금 하듯 그렇
게 나쁘지는 않았지요. 어머니는 끊임없이 눈에서 머리
다발을 불어대었지요. (그가 그 모습을 흉내 낸다. 부르릉.
부르르릉)

온켈 (그를 계속 도우면서) 부르릉!

글라츠 (병적으로) 오늘 밤 왕래가 잦군요. 그들이 거리 위로,
아래로 차를 타고 다니면서 사람들을 데려오고 있어요.
(그의 팔이 공중을 가른다) 부르릉! 부르릉! 팡 ─ 팡 ─ 팡!
끌어내! 끌어내! 하천 위에 떠 있는 가자미 신세들. 찬

바람이 가장 해롭지. (주먹으로 자기 입을 친다) 오늘 이른 아침 그들이 온켈 타보리 노인을 체포했어요.

온켈　이봐, 그것은 자네와 상관없는 일 아닌가.

글라츠　그렇지요. 전혀 관련이 없지요.

온켈　그런데 자네 어떻게 그 사실을 알았나?

글라츠　들었어요. 부르릉! 부르릉! (자기 입을 친다) 누군가 그를 밀고했음에 틀림없어요. (프롬프터 역할을 하면서) "도대체 누가 그런 짓을 했지?"

온켈　"도대체 누가 그런 짓을 했지?"

글라츠　사람들은 숨을 쉬기 위해 약간의 공기, 이만큼의 — (그가 그것을 가리킨다) — 삶의 일부를 매수하지요. 주어진 상황하에서 계속 숨을 쉬는 것이 유일하게 도덕적인 것 아닌가요. 물론 이것은 논리학의 문제입니다만. 서로 도움을 주고받는 것이지요. '숨 쉬는 것이 곧 배신이다'라는 공식에는 일정한 기품이 있으니까요. (그가 일어나 무대 중앙으로 간다. 휴지 없이 계속 관객에게 말을 한다) 위대한 사람, 위대한 분석가. 뭔가 발생했습니다. 그런데 그들은 저에게 말하려 하지 않았어요. 다음과 같은 사실을 제외하곤 말이죠. (곰곰이 생각한다) 언젠가 저희 아버지 글라츠는 채석장에 앉아 있었지요. 그때 도마뱀이 나타났어요. 작고 황홀한 놈이었지요. 그들은

서로 쳐다보았어요. 그와 도마뱀 말입니다. 그때 보초
병이 지나갔고 아무런 이유도 없이 뒷굽으로 도마뱀을
짓밟고 말았습니다. (그가 뒷굽으로 돌리는 움직임을 한다)
태고의 눈을 한 도마뱀은 저의 아버지를 쳐다보면서 이
렇게 말하려는 듯했지요. "너희들은 도대체 어떤 인간
이냐?" 아버지는 아무 말씀도 못했답니다… 아버지는
아무 말씀도 못했어요… 아버지는 아무 말씀도 못했다
고요…

(온켈이 글라츠를 팔에 안고 의자로 데리고 간다. 글라츠는
앉아서 휴지 없이 계속 말을 한다)

아버지가 그들에게 다가가, 허리를 굽히고, "안녕하세
요?"라고 합니다. 말을 많이 할 필요도 없지요. "바이
스 씨? 흐음음음음 하아스 씨? 아, 야아…"

(다른 사람들이 일어나 분노의 소리를 내지르며 위협적인 태
도를 취한다. 글라츠가 떨면서 온켈의 팔에 꼭 매달린다)

온켈   (소리친다) 내 아들에게 한 발짝만 더 다가오면 너희들
두개골을 부숴놓고 말겠다!

(다른 사람들, 다시 앉는다)

글라츠   "온켈 타보리?… 크악ー 크악ー 크악…"

(온켈이 자제력을 잃고, 자신의 역할에서 벗어나 격분하여 성
큼성큼 글라츠에게 걸어가 일격을 가한다. 글라츠가 넘어진

다. 손으로 바닥을 만지면서 원을 그리며 이리저리 기어 다니기 시작한다. 그는 마치 구멍 속으로 사라지려는 듯 몸을 휘감고 회전한다. 휴지 없이 그는 계속 말을 한다)

난점이 하나 있지요. 그에게 더 이상 아무도 기억나지 않게 된 것입니다. 전화번호부를 뒤적이고 비석에 썬 이름들을 기록하고, 사람들을 찾기 시작했습니다. 결국 그 사람에게는 자신에 대해 말하는 것 이외에는 아무것도 남아 있지 않습니다. "글라츠 교수라고요? 아, 그 사람이오 — !"

온켈   그들이 아직도 너를 찾고 있단 말이야?

글라츠   부르릉!

온켈   (계속 도우면서) 부르릉!

다른 사람들 (클라웁 이외에) 부르릉!

온켈   너 뭐 먹고 싶냐?

글라츠   그런 건 말하지 않죠.

온켈   그럼 뭐라고 하는데?

글라츠   "내가 원하는 것은 그들이 와서 너를 데려가는 것이다. 그들이 몸속 너의 모든 뼈를 부숴놓았으면 한다. 그들이 너의 혀를 잘라내고, 그들이 너의 머리를 벽에 칠 때 좀 더 세게 치라고 나는 말할 것이다." — — 당신은 어떻게 말씀하실지 듣고 싶군요!

온켈	"그리고 그들이 너의 머리를 벽에 칠 때 좀 더 세게 치라고 나는 말할 것이다."
글라츠	(배회한다) 아니요, 그런데 그들은 괴물은 아니에요. 건강한 사람인 경우 노동수용소로 보내거든요. 그곳에서는 신선한 공기를 마시고 움직일 수도 있지요! 병이 나면 병원에도 갑니다. 헬타이 어머니는 말이죠 —

(그가 헬타이를 가리킨다. 헬타이는 자기 이름이 불리자 마취 상태인 듯 일어선다)

— 산크트-로쿠스 스피탈로 보내졌지요. 제가 그의 이름을 언급한 후 하루 지나…

(헬타이가 다시 주저앉는다)

당신 마음에도 들 것입니다. 수녀들이 매우 친절하니까요. 심각하게 병이 든 건 아니잖습니까. 가끔 발작을 일으킬 뿐이죠, 근본적으로 병원에 갈 필요는 없지요. 하지만 염려 마십시오. 내가 당신 다리 하나를 부러뜨려 드리리다. 나을 때까지 몇 년이 걸리도록 아주 철저히 부러뜨려드리죠. 그때가 되면 모든 역사는 지나가고 말 테니까요. (그가 간이의자를 앞에 놓는다. 그 의자에 온켈이 앉는다) 다리를 이 의자에 놓으시죠. (온켈이 다리를 펴자 그가 온켈의 다리를 만지고 발이 간이의자에 편히 놓이도록 한다. 그런 다음 뒤에서 무릎을 꿇고 상투적으로 기도한다)

"어린 아이들이 빵을 요구합니다. 그런데 그들에게 쪼개어 줄 사람은 아무도 없습니다. 이전에 편안했던 사람은 이제 고생을 해야 합니다." ─ 당신 다리를 보는 겁니까? 아들을 보는 겁니까? (그가 휘감은 손을 높이 쳐든다) 망치를 봅니까?

(그가 온켈의 다리를 '부러뜨린다'. 다시 온켈이 일어나 글라츠를 다른 사람들에게로 데리고 간다. 지나갈 때 글라츠가 온켈의 어깨에 머리를 기대고, 비굴한 복종이 섞인 웃음을 보인다. 온켈을 어루만지는 행위 등등)

온켈   이제 들어들 오게, 저녁 식사 시간이네.

글라츠   식사 준비는 되어 있습니까?

온켈   흰 식탁보와 꽃으로 준비되어 있다네.

글라츠   모두 모였나요?

온켈   그렇다네. 지금은 만남 축하 파티니까.

글라츠   오, 이 꿈은 제 마음에 드네요. 당신이 주인인가요?

온켈   그렇다네.

글라츠   제가 식탁 주위에 않는 걸 그들이 허용할까요?

(다른 사람들이 일어선다. 하아스가 목쉰 소리로 환영 인사를 하고, 몇몇은 글라츠에게 손을 내민다. 그 사이에 모두가 동시에 인사말을 한다)

랑   "우린 당신이 보고 싶었어요…"

바이스   "자넬 보게 되어 기쁘네…"

히르쉴러 "아이들은 뭘 하는가?"

헬타이   "그런데, 자네 들었지…?"

고울로스 "이봐, 사람들은 그것에 대해 뭐라고 하는가…?"

집시   "자네는 조금치도 변하지 않았군…"

글라츠   (온켈에게) 제가 받을 징벌은 뭐죠?

온켈   삶.

다른 사람들 (합창으로) 삶! (그들이 앉는다)

온켈   이제 음식이 식탁에 오르게 될 것이네. (그는 음식이 식
         탁에 오르는 것을 흉내 낸다) 여기 ─ 김이 무럭무럭 나는
         사발 ─ 손과 발로 된…

         (랑은 발을 구르고 머리를 흔들기 시작한다. 뒤이어 점차 다
         른 사람들도 그렇게 한다)

         여기 ─ 뇌가 든 주발, 반죽하여 황갈색으로 튀긴 것…
         여기 눈이 든 접시… 여기 ─ 찐 콩팥… 그리고 여기 커
         다란 은 튀김판 위에 피 소스가 떠다니고, 등에는 번호
         를 새긴 문신!

         (지옥, 외침, 목 조르는 소리, 숨을 색색거리는 소리, 몇몇은
         의자 위로 쓰러진다. 뒤이어 목 조르기가 계속된다. 손으로
         입을 가린 히르쉴러가 간이의자가 낱개로 놓인 곳으로 비트적
         거리며 간다. 그곳에 앉으려 하는데 온켈의 그 다음 말이 그를

너무 놀라게 하여 간이의자 옆 바닥으로 넘어지고 만다)

안 돼, 그것은 푸피 의자네!

(뒤이어 온켈은 마치 복수의 천사처럼 다른 사람들 사이를 돌아다닌다)

푸피는 언제나 등의자를 필요로 하지! 늦어지고 있지만 틀림없이 올 것이네. 우리가 그를 기다려야 한다고 생각하나?

(그에게 떠밀린 히르쉴러가 벌떡 일어나 손을 입가에 모으고 넘어진다)

기다리지 말자고 히르쉴러가 말하지. 그를 기다려야 한다고 생각하지 않는다고 말이네. (랑을 향하여) 청년 랑은 그에게 조금 더 기회를 주자고 하지. 외부에서 오니 기차가 종종 연착되지요! 라고 말이네.

(랑이 비트적거린다. 온켈에게 떠밀린 헬타이가 의자에서 떨어진다)

헬타이는 그의 불운이니 시작하자고 하고. 전 엄청 배가 고파요. (고울로스에게) 고울로스는 아마도 그가 잊은 것 같다고 하지. 그렇지 않네, 오늘 아침 내가 그와 통화를 했네. 저녁 6시 30분 기차를 탈 거라고, 나보다 먼저 도착한다고 했거든.

(그 사이에 나머지 사람들은 공간을 똑같이 나누고, 마지막으

로 바이스와 집시가 그렇게 하고 쌕쌕거리며 비틀거린다)

귀 기울여 보게! ― 무슨 소리 들은 것 같네. 그래 바로 푸피가 맞아. 그가 계단을 올라오고 있군. 자네들 그 사람 발자국 소리 알지? ― 종종 아주 뚱뚱한 남자들이 그렇듯 가볍고 경쾌한 소리 말이네.

(푸피가 팔을 이리저리 흔들며 발로 걷는 움직임을 한다)

저기 그가 오고 있군. 아닌데? 푸피가 아냐. 우산을 든 젊은 남자구먼.

(푸피가 일어나 문을 열고 무대에 들어서는 듯한 움직임을 한다)

푸피의 아들이군. 보게, 그의 아들이 오고 있어.

(푸피가 움직인다)

머리를 흔들며, 식탁 주위로 가고 있군.

(푸피가 잰걸음으로 머리를 흔들며 의자 사이를 지나간다. 이윽고 낱개로 놓여 있는 의자에 푹석 주저앉는다. 그런 후)

"저희 아버지는 어디에 계시죠?"

푸피　(악센트 없이) 저희 아버지는 어디에 계시죠?

온켈　"자네들 그 사람을 어떻게 했나?"

푸피　(이전과 같은 톤으로) 당신들 그분을 어떻게 하셨죠?

클라융　(큰 소리로) 우리가 그를 다 먹어치우고 배설까지 해버렸소. (그가 뛰어 올라와서 온켈에게로 향한다) 당신이 관철시키고자 하는 게 뭔지 알고 있소. 그렇지만 당신이

식욕을 망치도록 놔두진 않을 것이오. 만약 식욕을 망
친다면 영원히 괴롭힐 것이란 말이오. 고기는 고기에
지나지 않는단 말입니다. 주님일랑은 날 그냥 놔두시라
고요! (주위를 돌아다닌다) 난 결코 사악한 놈이 못 됩니
다. 목장의 어린 양들을 난 결코 해치지 않지요. 어린
양을 건드리는 놈을 보면 내가 그놈을 죽여버릴 것입니
다. 그럼요. 내가 그놈의 두개골을 박살내버리고 말지
요. 그런데 말입니다. 부엌에서는 날마다 살인이 행해
지고 있지요! 닭들이 도살되고, 생선들의 머리가 잘려
나갑니다. 그뿐만이 아니지요. 어디에 경계선을 그어야
하죠? 누군가 내게 양 갈비를 가져다 놓으면 그것을 보
고 눈물을 흘리진 않습니다. 그냥 그대로 두고 굶주리
며 자리를 뜨진 않을 것이란 말입니다. 난 바보가 아니
거든요! 바보가 될 만한 일도 못 되지요!―고기는 고기
일 뿐이고, 나는 살아남아, 증언할 것입니다.―
(그가 히르쉴러에게 몸을 돌린다. 그의 셔츠를 잡아끌면서 가
슴을 노출시킨다. 히르쉴러는 손으로 얼굴을 가린 후 역겨움
의 소리를 내뱉고 몸을 돌린다)
―나는 살아 있는 상처의 목록이 될 것이란 말입니다!
(그가 두 손으로 셔츠를 잡는다) 내 상처를 후세들에게 보
여줄 거라고요!

(차례차례 서둘러 장애자처럼 관절을 삔 몸의 자세로. 불림을 받은 자들이 경악하여 몸을 돌리고, 혐오의 소리를 내뱉는다) 그렇게 하는 게 아니오. 그들의 코를 이 상처에 들이대게 할 겁니다! 이 종양에 꼭 키스를 시키고 고름을 마시도록 할 것이란 말입니다. 고통 속에서는 어떠한 고상함도 보지 못한다는 사실을 배워야 하니까요. 그들은 배워야 합니다! (다시 온켈 옆에서) 만약 한 사람은 살인자이고 다른 한 사람은 희생자인 두 남자만 있어야 한다면 나는 결코 희생자가 되지 않을 것입니다. 내가 어떻게 마지막 식사를 하든, 그 식사가 어떤 도살장에서 나왔든 아니면 어떤 우연 덕분이든 상관할 바가 아니지요. 내게 중요한 것은 한 가지뿐입니다. 내가 어떻게 이런 상황에 빠지게 된 것일까? 내게 다른 장소는 없었던가? 오늘 밤을 보낼 다른 가능성은 없는가? (그가 오븐에서 칼을 가져와 온켈의 코앞에 들이댄다) 이 칼 보입니까?

온켈   보고 있네.

클라읍 (거칠게 온켈의 팔을 붙잡고 간이의자 있는 곳으로 데리고 간다) 당신 다른 칼 기억하고 있어요? 가축 운반용 화물열차에서 이리저리 옮겨지던 그 칼 말이오.

온켈   검은색만 아직 기억하네.

클라웁 (간이의자에서 온켈을 짓누른다) 그렇다면 제가 당신 기억을 재생시켜 주리다! (다른 사람들에게 소리치면서) 오시오, 와, 오라구! 빨리! 빨리! 빨리! 더 가까이! 더 가까이! (라마세더와 다른 사람들이 의자 사이 네모진 곳 안으로 밀집한다. 서로서로 몸을 기대면서 몇몇은 관절을 삔 상태로 좁게 엉클어진 무리를 형성한다. 그 무리들로부터 여기저기 팔이나 손이 불거져 나온다. 클라웁이 심문을 시작한다)

가축 운반용 화물열차는 40명의 남자와 암소 여섯 마리에게는 충분한 자리였지요. 그 열차에 우리 180명이 문 쪽으로 얼굴을 향한 채 서 있었어요. 문은 되밀어 닫혀졌고, 빛은 차단되었지요. 기차는 달리기 시작했고, 우리는 마치 꼭두각시들처럼 휙휙 흔들리며 서 있었어요. 온켈, 당신은 어디에 있었지요?

온켈 자네 옆에 서 있었네.

클라웁 그 열차의 분위기를 한번 요약해 보시겠어요?

온켈 끔찍했네.

클라웁 예를 하나 들어보시죠?

온켈 레빈스키는 발작을 일으켰고 질식을 했지.

클라웁 그렇군요. 그 밖에는요?

온켈 지루했네.

클라웁 그리고요.

온켈 유머.

클라웁 어떤 유머 말입니까?

온켈 그것에 대해선 말하고 싶지 않네.

히르쉴러 "헤이, 우리가 어디로 가고 있다고 생각하나?"

헬타이 "캘리포니아!"

히르쉴러 "그곳은 너무 멀지 않나?"

헬타이 "어디로부터 너무 멀단 말인가?"

(다른 사람들이 짧게 웃는다)

클라웁 누구 칼 가지고 있소?

(하아스가 기침을 한다. 클라웁이 온켈에게 달려가는 도중 하아스를 한 대 친다)

물었잖소! 어떤 칼이었죠?

온켈 호주머니칼이었다는 생각이 드네.

히르쉴러 아니에요. 여러 개의 칼날과 코르크 마개 뽑개가 달린 스위스산 사냥칼 종류였지요.

클라웁 하아스가 그 칼로 뭘 했지요?

(그가 손 모서리로 온켈의 목덜미를 친다. 온켈이 그를 쳐다보고 웃는다)

그것으로 뭘 했냐고요?

온켈 한 바퀴 빙 돌렸네.

클라웁 목적이 뭐였죠?

온켈   그것으로 우리가 결정하려는 것이었지…

클라웁 왜 결정을 해야 했죠?

온켈   소프론에서 보초병을 죽이고 도망가는 것에 대해서.

클라웁 소프론이 뭔데요?

온켈   마지막 종착역 전 역이었네.

클라웁 그 살해 계획에서 어떤 태도가 나타났었죠?

       그것을 짧게 공식화할 수 있을까요?

온켈   "저항 없이 그냥 받아들이지 않겠다."

클라웁 소프론에 잠깐 체류하는 동안 보초병을 죽이는 계획이
       전적으로 인간적이라는 주장을 그대로 받아들여도 되
       겠죠―

       (다른 사람들의 머리가 휙 온켈 쪽으로 돌려졌다가 다시 클라
       웁 쪽으로 되돌아간다)

       ― 당연하지 않은가요 ―

       (동일한 시선들의 놀이)

       ― 아니면 미쳤다고 생각했나요?

       (위와 동일하게. 짧은 휴지)

랑   그렇게 생각했어요!

클라웁 (온켈을 향하여, 지나가면서 랑을 친다) 너에게 물은 게 아
       니야!

       (랑이 신음소리를 낸다. 다른 몇몇 사람들도 차례차례 같은

소리를 낸다. 마치 연쇄반응처럼)

우리가 달아날 수 있었던가요?

온켈　어느 정도 가능했네.

클라웁　다른 출구는 있었나요?

온켈　전혀 없었네.

클라웁　그렇다면 — ?

온켈　단지 그것뿐이었지.

클라웁　거기에서 말이죠?

온켈　그렇다네.

클라웁　계획 수행은 주도면밀했고요?

온켈　그래.

클라웁　기술적으로도 확실했나요?

온켈　그렇다네.

클라웁　그 계획을 한번 요약해 보시겠어요?

온켈　"기차가 멈춘다. 문이 열리고, 그들이 우리를 나가게 한
다. 양동이가 비워지고, 시체들이 옮겨지며, 전선
은 — —"

(그가 중단한다. 그의 얼굴이 변한다. 처음으로 공포가 그를
엄습한다. 그가 — 지금 — 자신의 행동을 통해 생명의 위협을
받고 있다는 인식을 한다)

클라웁　계속하시오!

(그가 치려고 팔을 쳐들고, 온켈의 면전에서 '탕' 소리와 함께 손을 맞부딪힌다. 온켈이 침묵한다)

"전선이 저기 위에 있네. 우리 앞에는 늪이 있고."

집시 (다른 사람들의 무리 위로 머리를 내밀고, 속삭이면서) 칼을 내게 주시오! 누가 보초들 뒤에 서지요? 누가 찌르죠? 누가 보초를 일에 끌어들이죠? 누가 그에게 친절하게 미소 짓는 일을 맡지요? 누가 도망칩니까? 누가 살아남을까요?

클라웁 됐어요. 칼로 무슨 일이 벌어졌지요?

온켈 아무 일도 발생하지 않았네.

클라웁 그전에 이용된 적은 있었고요?

온켈 없네.

클라웁 결국 어디에 도착했죠?

온켈 퀴벨에 도착했네.

클라웁 그곳에서 누가 칼을 없앴죠?

온켈 나네.

클라웁 제가 그것을 당신에게 주었단 말입니까?

온켈 그렇다네.

클라웁 그 놀라운 감관의 변화를 어떻게 해명하겠어요?

온켈 그 당시 내 컨디션은 좋은 상태였네.

클라웁 당신, 대단하셨군요! (그가 다시 왼쪽으로 달려간다. 평편

한 손으로 다른 사람들의 생기 없는 얼굴을 가볍게 스친다. 그것으로 그들이 다시 '움직이게' 하고자 한다)

대단했던 그를 내가 고발하겠소! 그는 기도했고, 간청했고, 논증했지요. 우리들에게 큰 소리로 호통을 쳤고요! 어째서 주님은 자기 적들을 호통치지 않는 것이죠? 가족이 왜 늘 책임을 져야 하는 거냐고요? 그 사람은 저기 가축 운반용 화물열차에서 격정적인 연설을 했습니다. 신의 떠벌이는 장사 말입니다. 언제나 똑같이 낡은 싸구려 상품을 팔아치우면서 — (구걸하는 자의 서투른 노래를 희화화하면서)

"나쁜 일에 저항하지 마십시오. 다른 쪽 뺨을 내미십시오. 사람들이 비방하는 자는 축복을 받고,

길거리를 청소하는 사람은 —"

다른 사람들 (리듬을 취하면서) "축복 받을지어다, 죽은 자들은 축복 받을지어다!"

클라읍   "먹고자 하는 살아 있는 자들을, 악마여, 데려가오. 너의 아버지를 경외하라—"

다른 사람들 "그가 너를 계속 속일지라도!"

클라읍   "거짓을 증언하지 말지어다."

다른 사람들 "네가 너의 형제들을 보호하지 못할지라도!"

클라읍   "살인하지 말아라 —"

다른 사람들 "왜 너희들은 불필요하게 살인자들을 어렵게 하려느
냐?"

클라웁 "검을 탈취한 자이기 때문이다―"

다른 사람들 "그는 검으로 죽게 되리라!"

클라웁 (온켈에게 달려가, 그에게 몸을 굽힌다)

그리고 그 살인자들이 검을 빼앗지 않았나요? 그들은
어떻게 죽었지요, 온켈? 말해보시죠, 온켈, 당신이 우릴
여기에 데려온 것 아니오!

온켈 (일어난다. 깊이 분노하며, 울부짖는다) 내가 자네들을 여
기로 데려왔단 말인가! (다른 사람들에게 달려가 그들 사이
를 비집고 들어가 그들 가운데까지 통과한다. 그러면서 이 사
람 저 사람에게 말을 건다)

자네들 내게 뭘 원하나, 불멸성?

고통 없는 삶?

나한테 어떻게 책임을 물을 수 있는 겐가? 자네들 두려
운 게 뭐야? 그렇게 절망적으로 매달리는 게 뭐냐고?
배가 따뜻해지는 것? 사람들이 자네들에게 약속했었
어? 난 약속한 게 아무것도 없네. 날씨가 추워질 거라고
말했지. 나에게 원하는 게 뭐야, 자네들의 살인 행위를
축복이라도 하란 말인가?

클라웁 기차의 속도가 느려졌던 순간에 대해 말하고 있는 거

요!

(기차가 멈춘 것처럼 사람들 무리가 왼쪽으로 기운다. 온켈이 움직임을 함께 해야 한다)

온켈 그 당시 그 열차에 관한 것말고는 아무것도 말하지 않았네. 살인에 살인이 겹치면 스컹크류처럼 증가될 것이네.

클라웁 기차가 멈췄어요!

(다른 사람들의 무리가 격렬하게 밀치며 오른쪽으로 기운다)

그들이 우리를 10분간 나가도록 했습니다. (그가 손뼉을 친다) 나가! 나가! 나가! 나가! 나가! 나가! 나가! 나가!

(다른 사람들, 온켈을 뒤에 남겨놓고 서둘러 의자 사이의 사각을 떠난다. 클라웁에 의해 충동질당한 그들은 나무 침상 앞에 군집한다)

우린 양동이를 쏟아 부었지요. 때는 한밤중이었고요. 달은 떠 있지 않았지만 들판은 볼 수 있었어요. 보초병이 가까이 왔어요. 아이들이 장정들과 뒤섞였지요. 그들은 더 이상 아이가 아니었습니다.

(다른 사람들의 무리에서 푸피, 히르쉴러, 헬타이가 앞으로 나와 보초병 놀이를 시작한다)

온켈 (기도한다) "그리고 저는 벌레요, 인간이 아닙니다. 사람들의 조롱과 민중의 경멸이지요."

히르쉴러 (온켈을 풍자하면서) 그리고 저는 버, 벌레요, 이, 인간이 아닙니다…

(조소와 박수갈채)

온켈 "자신을 곤궁에서 구해낸 주인을 그가 배반하도다!"

클라웁 (동시에) 사람들이 떼를 지어 모여들었습니다. (그가 다른 사람들을 감싸 촘촘하게 한군데로 밀어붙인다)

히르쉴러 그래요, 두건을 두른 소녀를 난 아직 기억하고 있지요. 그녀는 누군가를 보며 계속 낄낄거렸어요.

(푸피가 낄낄거리기 시작하고, 그것이 넋 나간 웃음으로 변한다. 온켈의 기도 소리는 더 이상 들리지 않는다: "자궁으로부터 나는 너에게 던져졌네." ─ "내 어머니의 품에서부터 너는 나의 신!" ─ "위험이 가까이 있다오, 나를 결코 멀리 떠나지 마오." ─ "나는 물처럼 쏟아졌고, 온 사지가 찢기었어." ─ "검에서 나의 생명을 구해주오, 개의 앞발로부터 나의 유일한 것을.")

헬타이 (소음을 넘어) 승강장 위아래로 달려!

고울로스 50번 엎드려뻗치기를 해!

클라웁 (다른 사람들을 선동하면서) 그들은 일상적으로 우리에게 욕을 했지요 ─ ─ 유태 돼지! 더러운 놈들! 나쁜 새끼들!

다른 사람들 (뒤섞여) 유태 돼지! 더러운 놈들! 나쁜 새끼들!

클라웁 (리듬을 섞어) 유태 ─ 돼지 ─ ─ 더러운 ─ ─ 놈들 ─ ─ 나쁜 ─ 새끼들!!

다른 사람들 (리듬을 취하면서) 유태 ─ 돼지 ─ 더러운 ─ ─ 놈들 ─ ─ 나쁜 ─ ─ 놈들! 유태 ─ ─ 돼지 ─ ─ 더러운 ─ ─ 놈들 ─ ─ 나쁜 ─ ─ 놈들!!

(클라웁에게 선동당하여 ─ 원형을 이룬 다른 사람들의 무리가 움직인다. 흔들리고, 밀고, 밀치면서 한 무리의 사람들이 온켈에게 밀려든다. 온켈은 기도하면서 피한다. 푸피, 히르쉴러, 헬타이가 가장 앞줄에 있고, 밀려드는 자들을 그가 뒤쪽에서 강력히 저지한다)

모두 함께 (합창으로) 유태 ─ 돼지! 유태 ─ 돼지! 유태 ─ 돼지! 유태 ─ 돼지! 유태 ─ 돼지! 유태 ─ 돼지! 유태 ─ 돼지! 유태 ─ 돼지!

(그들은 온켈 옆에 와서 그를 압박하고 높이 쳐들어 간이의자에 앉힌다. 그에게 린치를 가할 듯하다. 클라웁은 "유태 ─ 돼지!"라는 말과 함께 나무 침상 버팀목에서 뛰어내린다. 다른 사람들을 계속 선동한다)

클라웁 이제 늦었어요! 그들이 지루해하기 시작했어요!

고울로스 그들이 다시 우리를 기차에 가두었어요!

클라웁 (고울로스에게, 그의 팔을 높이 들어올려 손가락이 온켈을 가리키게 한다) 그가 우리를 다시 기차에 가두었어요!

푸피 그들이 우리를 발가벗겼지요!

클라웁 (무리를 통해 밀어붙인 후 푸피의 팔을 높이 잡아끈다) 그가 우리를 발가벗겼어요!

집시   그들이 우리를 샤워실로 데려갑니다!

클라웁   (집시에게 향한 후 그의 팔을 높이 잡아끈다) 그가 우리를
         샤워실로 잡아끕니다! (그가 의자 위로 뛰어오른다. 날카롭
         게 소리지르며) 기도는 하지만 칼은 없답니다!

         (아주 조금, 위험에 찬 휴지. 곧 집시가 온켈에게 주먹을 가하
         고, 온켈은 간이의자에서 넘어져 의자 사이에서 비틀거리다
         바닥에 떨어진다. 일정 정도 개인적 본성에 따르고 조절되지
         않는 인상을 일으키는 일이 뒤따른다. 배우들은 연극으로부
         터 나와 그들이 이전에 연기로만 했던 비인간적인 야만성을
         보여준다. 그 순간 그들은 아버지도 아들도 아니고 미움에 찬
         광신자들이다. 사적으로 말을 주고받는다. 하아스가 말한다.
         "이봐, 그렇게 하지 않아도 되었는데", 혹은 비슷한 것. 집시
         가 온켈에게 달려들고, 그를 높이 잡아끌며, 날카롭게 외친
         다. "바닥을 걸레질해, 유태인 놈!" 몇몇은 놀라, 당황하는 태
         도를 취한다. 다음과 같은 소리가 난다. "너희들 미쳤어?" 그
         리고 "주여, 그만두소서" 등등. 당황한 클라웁이 온켈을 돕기
         위해 오려고 한다. 그가 다른 사람의 공격을 받고 넘어져 짓
         밟힌다. 푸피가 온켈의 상의를 몸에서 힘껏 당겨 그것으로 그
         를 마구 친다. 그 사이로 다른 사람들이 몸을 던진다. 관객의
         공간에 빛이 발하기 시작한다. 무대감독이 무대로 달려가 서

로 싸우는 자들을 경고하며 떼어놓는다. 헐떡이면서 그들은 마침내 떨어진다. 온켈이 몸을 구부린 채 의자 사이에 누워 있고, 클라움은 신음하면서 나무 침상 앞에 서 있다. 관객의 공간이 다시 어두워지고, 연극이 유연하게 계속된다. 클라움 이외에 모두 의자에 앉아 있다. 그들은 리듬을 섞어, 가차없 이 오른쪽 주먹으로 왼쪽 손등을 치면서 몸짓으로 온켈을 친 다)

온켈   당신들 뭐하는 겁니까? 나는 그가 아니란 말이오! 나는 나요, 그의 아들이란 말입니다!

(그들이 계속 그를 때린다. 지친 클라움이 패자에 합류한다. 그는 온켈을 쳐다본 후, 가장 옆에 앉아 있는 사람의 팔을 잡 고 계속하지 못하도록 저지한다. 점차 다른 사람들도 그만두 고, 마지막으로 집시가 그만둔다. 휴지. 클라움의 표시에 따 라 모두 아래로 몸을 숙여 온켈을 땅에서 일으켜 세우고 들것 위에 놓은 듯 자신들의 머리 위로 들어올려 천천히 나무 침상 버팀목으로 옮겨 놓는다. 거기에서 그들은 조심스럽게 가장 높은 나무 침상에 잠자리를 마련한다. 온켈의 어깨에 팔을 걸 고 그를 세운 후 얼굴의 땀을 닦아준다. 다른 사람들은 온켈 의 슐을 올려주고 조심스럽게 그의 양말과 신발을 신겨주며 배려를 보이려고 한다)

저는 아버지의 속마음을 알 수가 없습니다. 벌써 25년 전부터 알고자 시도했고, 계속 시도하고 있지요… (오싹해하며) 그렇습니다. 아버지는 언제나 식탐이 적으신 분이셨습니다. 고기를 보면 확실히 부끄러워했고, 네, 고기라면 전부 그랬지요. 유태교 교회당에서는 한번도 어둠 속에서 자신을 남에게 드러내고자 하지 않았습니다… 그런데 어느 날 도시가 과부와 유사해집니다. 이방인들이 도시로 밀려들어왔고, 아버지는 길거리를 닦아야만 했습니다. 막강한 권력과 심한 공포를 느끼게되지요. 그때 조약돌에 이를 부러뜨리는 신도 단체에 속하게 됩니다. 다른 말로 하자면, 그는 유태인이 된 것입니다… 아니 우리는 유태인이 되지 않고, 우리가 누구라는 것만을 기억하고자 합니다. 아, 추워요. 너무 추워요…

(그들이 온켈의 팔과 다리를 주무르고, 바이스는 온켈의 상의를 땅에서 주워올려 오븐으로 달려간다. 온기를 쬐려고 편 후 냄비 주위에 둔다. 이때 그가 냄비 안을 들여다본다)

바이스 식사가 준비되었어요.

(휴지)

클라웁 난 배고프지 않소.

(휴지. 하아스가 명확히 발음되지 않는 소리를 내뱉는다. 푸피는 개처럼 으르렁대기 시작한다. 처음에는 떠듬거리다가,

나중에는 길게 끈다. 차례대로 다른 사람들을 공격한다. 그들은 멍하게 앞을 쳐다보며 성난 개들처럼 으르렁거린다)

고울로스   저기 뭔가 움직이고 있소.

집시   가스실 해당자 선별이죠.

랑   어젯밤 열한번째 블록에서 오십 명이 넘는 모두를 데려가버렸어요.

(으르렁대는 소리가 그친다. 성급한 행동이 전개된다. 몇몇은 의자를 중앙에서 치우고 우왕좌왕하는 사이 푸피와 라마세더가 눈에 띄지 않게 다시 무대 중앙에 앉는다. 하아스는 물이 담긴 조그마한 대접을 가져와 남아 있는 간이의자 위 중앙에 놓는다. 바이스의 소리가 중간에서 움직이고 있는 모두를 얼어붙게 한다. 몇몇은 아직 손에 가구를 지니고 있고, 또 다른 이들은 얼굴에 물을 막 끼얹으려는 참이다. 하아스가 빈손으로 퍼낸 물이 다시 대접으로 뚝뚝 떨어지는 소리가 난다)

바이스   (냄비 테두리 위로 몸을 구부린 채, 먼 곳에서 외치듯)
제 신발 가져도 됩니다… 제 처에게 그렇게 말해주시오…

헬타이   (귀를 기울이면서) 이상하지 않소? 열한번째 블럭에서 아직 그들에게 소리칠 힘이 남아 있다니 말입니다.

(그들이 경직된 상태에서 깨어난다. 격렬한 활동이 지속된다)

고울로스   (소리친다) 첫번째: 얼굴을 씻고 눈으로 머리를 축여!

(그들이 대접 주위로 밀려들고, 얼굴에 물을 뿌리며, 머리를 축인다. 하아스가 냄비 테두리 위로 몸을 숙여 짧고 크게 거친 소리를 낸다. 그들이 한순간 경직된다)

집시　(소리친다) 두번째: 청소년의 태도를 취해!

(그들은 반듯하게 똑바로 걸으려 하며, 어깨를 움직이고, 다리를 흔들거린다. 하아스가 두 번 거친 소리를 낸다. 그들이 경직된다)

랑　(소리지른다) 세번째: 곡괭이를 쳐서 부러뜨리고 웃어!

(그가 곡괭이를 쳐서 부러뜨리고 바보 같은 '낄낄' 웃음을 터뜨린다. 그것을 다른 사람들이 곧 따라한다. 그들은 과장된 군인의 태도로 낄낄대고 히죽히죽 웃으며 위풍당당하게 걸어다닌다. 하아스가 세 번 거친 소리를 낸다. 모두 경직되는데, 랑만이 정신병자처럼 계속 위풍당당하게 걷고 낄낄댄다)

헬타이　(관객에게) 히르쉴러는 가장 중요한 회춘제인 립스틱을 갖고 있답니다.

(히르쉴러가 앞에서 포즈를 취하고 립스틱 든 손을 들어올린다. 빠르게 그를 지나쳐 분열 행진하는 모두에게 립스틱을 얼굴에 발라준다. 마지막으로 자신도 바른다)

히르쉴러　(관객에게) 여러분들 젊어 보이길 원하시죠.

(그들이 뺨에 립스틱을 문지르면서 위풍당당하게 걷는다. 확성기에서 성난 개의 울부짖음이 울려 퍼진다. 그들이 경직된다)

클라윱 자, 노래를 불러!

(질서정연하게 서서 노래한다: "모든 새들이 저기에 있네."
그 사이에 하아스 자신도 대열에 들어서기에 앞서 걸레로 간
이 의자를 닦고 물 대접을 숨겨놓는다. 노래, 크고 힘차고 즐
겁게)

그리고 죽음의 천사 슈레킹어가 들어왔습니다.

(하사관의 안내를 받은 슈레킹어가 빠른 걸음으로 등장한다.
하사관은 가상의 사진기를 휴대하고 있다. 노래가 돌연 그친
다. 쉬레킹어는 갑작스럽게 낮고 기계적으로 말하기 시작한
다. 대답은 기다리지도 않은 채, 그 대답은 다른 사람들에 의
해 던져지고 질문으로 중첩된다)

쉬레킹어 (부동의 얼굴로) 너 몇 살?

클라윱 스물다섯이오.

쉬레킹어 너는 몇 살?

글라츠 대략… 대략…

쉬레킹어 너는 몇 살이냐고?

(랑이 기절한다)

헬타이 스물넷이오. 보고자 님.

쉬레킹어 너는 몇 살?

히르쉴러 스물여섯, 아니, 스물일곱입니다.

쉬레킹어 (동일한 속도로) 물론 거짓말을 하고 있을 테지. 이 순간

우리 위에서 적군 비행기의 소음이 들렸거든.

(하아스가 비행기 소음을 흉내 내고 갈망하듯 손을 올린다)

세 가지 가능성이 있었어. 그런 저질 인간들에게 친절하든가, 곧바로 없애버리든가, 아니면 둘 다였지. 거짓말쟁이의 어깨에 팔을 올려놓았지. 어린 모세가 엄마에게 질문을 던지지. "히틀러가 폐암을 앓는다는 게 사실이야?" ― ― "조용히 하고 러시아어나 잘 배우렴."

(히르쉴러가 부자연스럽게 웃는다)

하사관   (스냅 사진을 찍는다) 찰칵.

쉬레킹어 "늙은 기결수들의 무리에서 나오는 농담." (냉담하게 웃으며 잠깐 입술을 비죽거린다)

하사관   찰칵.

쉬레킹어 (이전처럼) 너는 몇 살?

집시   보고자 님, 저는 본래 여기 있어야 할 사람이 아닙니다.

쉬레킹어 그래?

집시   제가 왜 이 유태인들과 함께 있게 되었는지 모르겠습니다.

쉬레킹어 바지 내려봐.

집시   전 수용소 오케스트라에 꼭 필요한 구성원이란 말입니다. 저는 제 불알을 마음대로 올렸다 내렸다 할 수 있지요.

쉬레킹어 보여 봐. (머리를 약간 돌림) 대단히 실망스럽군. (고울로스의 간이의자에 부착되어 있는 나체 사진을 보지 않은 채 곧 계속) 저 여자는 누구야?

(질문과 대답이 중첩된다)

고울로스   보고자 님, 그것은 감독 밖의 일입니다.

쉬레킹어   저기 서서 우리가 그 사진을 관찰했다. 너 저 여자 먹어
치울 수 있어, 응 어때?

고울로스   그렇습니다, 보고자 님.

쉬레킹어   짭— 짭— 짭?

고울로스   그래요, 보고자 님.

쉬레킹어   네 녀석이 손 모서리로 그놈의 뒷머리를 치고, 사진을
찢어버렸지.

(하아스가 손뼉을 치면서 일격을 가하는 표시를 한다. 고울로
스가 넘어지고 넘어질 때 사진을 아래로 잡아끈다)

너는 몇 살?

바이스   20대 중반이오.

쉬레킹어   네가 수감자에게 미니 장기놀이를 건네주었지. 대열을
만들었다 포기했고, 수감자에게 악수를 청했고 말이야.

(바이스가 찡그리며 웃음을 띤 채 손을 내민다. 그런 포즈를
취한 채 경직된다)

하사관   찰칵.

쉬레킹어   "선한 패자여." (랑을 쳐다보지 않은 채) 아직 누가 남았
지?

(클라웁이 랑을 어려움에서 벗어나게 하려는 듯 움직인다―

클라웁을 쳐다보지 않고)

건드리지 마, 그놈은 내 것이다.

하사관 　찰칵.

쉬레킹어 　"죽은 자들은 우리의 주목을 받을 만하다." (그는 지쳐

눈을 꼭 감는다. 잠시 휴지) 너는 몇 살?

랑 　(바닥에서 반쯤 몸을 일으켜 세운다) 열다섯인데요. 보고

자 님.

쉬레킹어 　(랑을 쳐다보지 않고) 몸을 돌려봐, 아, 바로 당신이었군.

온켈 　나는 1874년에 태어났소.

쉬레킹어 　그것은 중요하지 않아.

온켈 　나는 일흔하나요. 보고자 님.

쉬레킹어 　그런 게 유태인 위트라는 건가?

온켈 　아닙니다. 보고자 님.

쉬레킹어 　50번 무릎 굽히기를 해봐.

(온켈이 무릎 굽히기를 시작한다)

내가 그 젊은 녀석에게 설탕 한 조각을 주었지.

하사관 　찰칵.

쉬레킹어 　"사랑은 결코 끝나지 않네." (랑을 쳐다보지 않고) 내 직

무실로 와.

(랑이 쓰러진다)

온켈   (무릎 굽히기를 하면서) 저 녀석은 이제 겨우 열다섯이오.

쉬레킹어   뭐라고 지껄이는 거야?

온켈   이제 열다섯이라고 했소.

쉬레킹어   나한테 뭐라고 했어?

온켈   저 애 대신에 나를 취하시오. (그가 뒤로 넘어진다)

쉬레킹어   그 배불뚝이는 어디 있지? 내가 좋아하는 그놈 말이야?

    (긴 침묵)

하사관   (갑작스럽게 고함치기 시작한다) 배불뚝이 어디 있어?

쉬레킹어   (조용히) 여기에서 소리치는 놈 알지? 너는 몇 살?

하사관   (놀란 태도를 취한다) 서른 하난데요.

쉬레킹어   썩 좋아 보이지 않는군. (거의 눈치 채지 못하게 냄새를 맡는다) 어떤 맛있는 것이 지글지글 끓고 있군, 그렇지?

    (하사관이 서둘러 오븐 쪽으로 간 후 쉬레킹어에게 냄비를 가져다 준다. 쉬레킹어가 안을 들여다본다. 그 순간 확성기에서 처음의 폴카가 나직하게 울려 퍼진다)

    식탁 마련.

    (다른 사람들, 식탁, 의자, 간이의자를 신속하게 배치하고, 차곡차곡 쌓여 있는 식사용 그릇을 가져오며, 식탁 주위에 선 채 한데 모인다. 모두 침묵을 지키고 있다. 쉬레킹어가 느슨한 태도로, 변화된 목소리로 관중에게 말을 한다)

    수용소 오케스트라가 콘서트를 열었습니다.

(휴지)

현재 그는 뒤셀도르프 근처에서 음식점을 하고 있지요. '쉬레킹어 클라우제'라고 합니다. 멋있는 이름은 못 되지요, 그렇지 않습니까? 추천 음식은 석쇠에 튀긴 닭고기로 매우 추천할 만합니다. (친절하게) 아버지, 아버지는 전쟁 중에 뭘 하셨어요?

(휴지 없이 곧바로 자연스럽게 아버지와 아들 간의 대화로 넘어간다. 신경질적인 몸짓, 안면—경련과 같은 움직임을 일으키는 발작적 경련, 조절되지 않는 경련과 연관성 없는 개별 단어들의 외침이 점차로 아버지의 어투를 특징짓는다. 빠른 속도로 아버지로서) 오, 전 언제나 도덕적 탁월함에 관한 환상적인 동경, 말하자면 일종의 지나칠 정도의 경탄과 경외감을 갖고 있었답니다. 그런데 사악함도 정말로 진실하고 믿을 만한 것 아닙니까, 그렇죠? 그러니까 어떤 남자가 자기 처를 죽였다는 것을 신문에서 읽게 되면 "아, 끔찍해"라고 말하지요. 자신의 처를 죽이지 않은 남자에 관해 읽을 땐 도대체 이 꼭두각시가 웬일이야, 라고 말하고요. (아들로서) 아버지, 아버지는 전쟁 중에 뭘 하셨지요? (아버지로서) 명령을 수행했단다. 모두가 명령을 따랐다. 지도자는 우리들 중에서 최고의 천부적 재능을 타고난 사람이다. 가련한 놈들은 명령에만 귀를

기울였다. 어떤 명령, 누구의 명령이었냐고, 그것은 너에게 말할 수 없구나. 그런데 말이다. 그들은 아주 저질스런 군사력 그 이상의 규율을 총동원했단다. 맞아, 나는 그들에게 말할 수 없는 공포를 느꼈다. 폭탄 공격이 시작되었을 때 나는 드레스덴에 있었단다. 나와는 상관이 없었다. 살인자들 간의 싸움이었으니까. 악이 악과 대화를 했던 것이지. 나는 폐허와 불에 탄 아이들을 보았다. 그리고 폭격기를 향해 소리질렀다. 이 미련한 개 같은 놈들아, 너희들도 나보다 나을 게 없구나! 그래, 내 아들아, 그때 나는 드레스덴에서 잘 지내고 있었다. (아들로서) 그렇군요. 그런데 전쟁 중에 무얼 하셨나요, 네 아버지? (아버지로서, 빠른 속도로, 점점 산만하고 조절되지 않은 억양과 몸짓으로) 그런데 털이 나 있고, 사팔눈을 한, 냄새 나는 시체들이 소름 끼치게 하더구나. 그들은 맞서 싸우지 않았고, 저항하지 않았다고 요즘 주장들을 하더라. 그런데 너는 뭐가 저항인지 모를 것이다. 나는 안다. 서른셋이었던 그때 나는 그것을 알았다. 수염을 기른 늙은 놈한테 길거리를 닦으라고 명령했던 때 말이다. 그놈은 명령에 복종했다. 어떤 신호, 접촉의 신호, 인식할 수 있는 어떤 것, 어떤 몸짓을 나는 기다렸다. 그놈 역시 인간적인 약점을 가지고 있다는 사실을 보여주는 그 어떤 것 말이다. 우리가 가장 깊은 내면에서는 공통의 이해를 갖고 있고, 어느 정도 문명화되어 일치점을 찾을 수 있는 형제라는 점 말이다. 그런데 어떤 신호도 오지 않더구나. 그는 길거리를 닦고 있었다. 자신을 구별시키면서 완벽하게, 아니 온전하게 견디어내더구나. (아들로서, 성급하게) 아버지, 제 물음에는 대답하지 않았습니다! (아버지로서 혼란 상태에 빠져) 그렇지만 그들은 선량하지도 용감하지도 않았단다. 그래, 그들은 도둑질하고, 속이고, 서로서로를 배반했지. 구린내를 풍겼고, 굶주림에 시달리고, 살인을 행했다. 그런 일은 전혀 특별할 것이 못 된다. 그래. 누구나 그럴 수 있으니까. 그런데 말이다. 그들이 어떻게 무자비하게 학살되었는지 하는 차이, 그 낯선 방식을 통해 학살의 본질이 정확히 드러날 수 있을 것이다. 그들은 그 악을 견디지 못했다. 너도 잘 알지? 그들이 본래 지닌 상당히 무례한 방식 말이다. 항상 손가락으로 '너, 너, 너!' 라고 가리키는 것 말이다. (아들로서) 아버지, 엉터리 소리는 그만 하시고 간략히 단순하게 말씀해주세요 ― (소리치면서) 아버지는 ― 전쟁 중에 ― 뭘 하셨지요? (휴지, 그는 지친 채 떨면서 서 있다. 천천히 그는 생각을 가다듬는다. 자기 자신에 대해 놀란 듯 웃는다) 내가 그를 마지막으로 보았을 때 그는 거기에 서서 자동 금전 기록기를 만지고 있었다. (휴지 — 마치 고백처럼) 내가 그에게 의자를 던졌다. (휴지. 그의 얼굴이 가면처럼 경직된다. 긴장하고, 상의를 잡아당겨 팽팽하게 한다. 의자의 가장 오른편으로 간 후 위쪽으로 올라간다) 식탁에 올려.

(클라웁과 온켈 이외에 모두 앉는다. 하사관이 냄비를 가지고 온다. 그는 클라웁이 자신에게 넘겨주는 그릇을 국자로 채우고, 그것을 기계적으로 온켈에게 넘겨준다. 온켈은 모두가 받을 때까지 그것을 계속 넘겨준다. 이런 과정이 진행되는 동안 온켈은 쉬레킹어를 꼼짝 않고 쏘아본다. 그런 후 하사관이 재빠르게 냄비를 오븐에 다시 올려놓고 옆에서 과장된 군인의 태도를 취한다. 클라웁과 온켈이 앉는다. 휴지)

맛있게들 먹어.

(아무도 건드리지 않는다)

사진 찍는다.

(아무도 건드리지 않는다)

먹으라니까.

(30초간의 고요. 그때 하아스가 길고 격렬하게 머리를 흔든다)

먹으라니까.

(하아스가 목쉰 소리를 내며 다시 한 번 머리를 흔든다)

샤워실로 들어가.

(하아스가 일어나 오른편 문 쪽으로 무거운 발걸음을 옮긴다. 문 옆에 선다. 입을 열고 쉿소리를 낸다. '쉬쉬쉬─' 소리는 숨을 들이마심으로써만 중단된다. 확성기 소리의 투입으로 그 소리가 들린다)

먹어!

(긴 휴지. 고울로스가 일어난다)

샤워실로 들어가.

(고울로스가 간이의자 받침대로 느릿느릿 걸어가 위로 기어 오른다. 가장 높은 간이의자 위 앞쪽으로 걸어가 '쉿' 소리를 내면서 그곳에 머문다. 랑이 일어나 쉬레킹어를 잠깐 쳐다본 후 '쉿' 소리를 내며 간이의자 받침대 쪽으로 느릿느릿 걸어가, 중간 크기의 간이의자에 앉는다. 앞의 사람들이 관객에게 얼굴을 향하고 앉아 있다. 글라츠가 주저하면서 일어나 마치 떨어질 수 없다는 듯 자신의 접시를 잡았다가 다시 제자리에 놓는다. 주먹으로 자기 입을 치며 '쉿' 소리를 내면서 간이의자 받침대로 느릿느릿 걸어간다. 그는 중간 간이의자의 뒤편 끝에 앉는다. 바이스는 세계를 더 이상 이해하지 못하는 사람처럼 머리를 흔들면서 일어선다. '쉿' 소리를 내면서 냄비 뒤편 연단으로 무거운 발걸음을 옮긴다. 집시가 일어나 거만하게 자신의 접시를 뒤엎어버려 덜거덕거리는 소리가 난다. '쉿' 소리를 내면서 뒤편으로 느릿느릿 걸어가 오븐에 몸을

기댄다. 히르쉴러와 헬타이가 동시에 일어난다. 둘 다 자기 접시를 손에 들고 있다.

먹는다)

히르쉴러   먹고 있습니다. (그가 손을 입으로 가져간다)

하사관   찰칵.

(히르쉴러의 손이 움직이다가 경직된다. 손이 아래로 처진다)

쉬레킹어   (먹는다)

헬타이   (악센트 없이) 전 언제나 초대를 거부하지 못하지요. (그가 손을 입으로 가져간다)

하사관   찰칵.

(헬타이의 손이 움직이다가 경직된다. 손이 아래로 떨어진다. 휴지. 클라웁과 온켈이 시선을 교환한다. 클라웁이 일어나 '쉿' 소리를 내면서 문으로 간다. 온켈이 둘러보고 일어서, 쉬레킹어를 쳐다보고, '쉿' 소리를 관객에게 구체적으로 실연하면서 무대 앞 가장자리를 따라 왼쪽으로 간다. 그곳 간이의자 버팀목 지주에 기댄 채 서 있다. 짧은 휴지. 쉬레킹어는 천천히 의자에서 내려와 식탁으로 간다. 동시에 히르쉴러와 헬타이가 일어나 자신들의 접시를 손에 들고 쉬레킹어가 떠난 의자로 느릿느릿 걸어간다. 그곳에 나란히 앉는다. 음악은 더 격렬해진다. 식탁에 서 있는 쉬레킹어는 정신이 나간 듯 접시를 들고 맛을 보려는 듯 두 손가락을 집어넣는다. 그 순

간에 한 남자의 목소리가 들린다)

목소리   (확성기 너머로) 헤로도트와 스트라보

스키타이의 마사게텐의 보고에 따르면

늙은 사람들은 죽임을 당하고 먹히게 된답니다.

배가 파산한 경우나 포위 공격에 관한 보고서들이

　　중언하듯

식인종은 개별적으로 문화민족에게도 나타납니다.

죽은 혈연을 먹는 습관은

죽은 자의 잔재를 제거하는 가장 경건한 방식으로서

노인들과 병자를 죽이는

관습과 결부되어 있습니다.

그런데 몇몇 야수들은 살해당한 자들의 시체를

　　무척 탐욕하기도 한답니다.

그 시신이 자신의 영혼에 출몰하지 않게 하려는 것이지요.

그러므로 사랑하는 그리스도 형제들이여, 저는 여러분

들에게 유태인의 심장을 추천합니다. 아스픽이나 매운

　　소스를 곁들인―

아주 연하여 혀에서 살살 녹습니다.

(쉬레킹어가 식탁 모서리에 앉아 두 개의 접시를 붙잡고, 먹
기 시작한다. 이어 손을 전부 집어넣고 마치 짐승이 하듯이
집어삼킨다. 소리가 그치자 식탁에서 도리깨질을 하고 발을

꼬고 접시들 사이에 앉는다. 점점 커져가는 음악의 리듬 속에서 계속 새로운 접시들을 가지고 곡예를 하며, 그릇을 핥고, 박자에 맞추어 손가락을 핥고, 먹고, 집어삼킨다.

다른 사람들은 멍하게 관객을 쳐다본다.

빛이 꺼진다)

조지 타보리
George Tabori

1. 헝가리 부다페스트 태생인 조지 타보리George Tabori(1914~)의 본래 이름은 György Tabori였다. 1936년 형과 함께 영국으로 이민한 후 현재의 이름으로 바뀌었다. 그는 아직 영국 시민권을 보유하고 있고, 영어로 작품을 쓰며, 오랫동안 미국에서 활동하였다. 그런데 1970년대 이후 그의 작품은 거의 전적으로 독일어권에서만 읽히고 무대화되고 있다. 연극 연출을 중심으로 독일어권에서 아직까지 활발한 활동을 전개하고 있는 타보리는 독일 현대 연극에서 빼놓을 수 없는 위치를 점하고 있다. 이미 그는 1981년과 1988년 베를린 위대한 예술상, 1983년과 1990년 뮐하임 극작가상, 1991년 페터 바이스 상, 1992년 게오르크 뷔히너 상 등 독일에서 가장 중요한 문학상과 연극상

을 수상한 바 있다.

영국으로 이민한 타보리는 발칸 반도와 터키, 근동 지역에서 영국 신문과 방송의 특파원으로 활동하면서 처음 소설을 발표하였다. 그때 나온 소설들이 『돌 아래 전갈Beneath the Stone the Scorpion』(1945), 『왼손의 챔피언Companions of the Left Hand』(1945), 『원죄Original Sin』(1947)이다. 이 소설들 덕분에 그는 헐리우드의 시나리오 작가 공모에 당선되어 1947년 미국으로 건너갔다. 미국에서 타보리는 알프레트 히치콕, 아나툴 리트박, 요셉 로제이 등의 시나리오 작가로 활동하면서 극작품을 쓰기 시작하였다. 1952년 그의 첫번째 극작품 『이집트로의 비행』이 브로드웨이에서 상연되기도 하였다. 1950년대 후반 연출가로도 활동하면서 자신의 배우 그룹을 만들기도 했다. 배우 스튜디오에서 리 스트라스베르크와 공동 작업을 하였고, 더스틴 호프만은 그의 견습생 중의 한 사람이었다. 토마스 만의 『마법의 산』을 영화로 만들려고 한 적도 있었으나 무산되고 말았다. 나중에 타보리는 "헐리우드는 당시 커다란 매춘굴이었고, 나는 좋은 창녀가 아니었다"고 회고하였다.

타보리는 20년 넘게 작가이자 연출가로서 미국에서 활동하였으나 그가 의도하였던 바가 제대로 평가되고 이해된 것은 아니었다. 1968년 뉴욕에서 초연된 『식인종들』과 1970년 같은 곳에서 초연된 『핑크빌레』의 독일 공연이 그를 다시 유럽, 그것도 독일어권으로 불러들인 계기가 되었다. 독일 공연에서 비로소 그가 의도했던 바가 적절하게 평가되고 이해되기 시작하였던 것이다. 첫번째 부인이자 배우였던 비베카 린트포스에 따르면 타보리는 본래 독일 땅을 밟고 싶어하지도 않았고, 독일의 어떤 제품도 사지 않으려 했던 사람이었다. 유태인이었던 그의 아버지와 친척들이 제3제국의 직접적인 피해자들이었기 때문이다. 1978년 타보리는 "독일 사람들이 상기시켜주지 않았더라면 나는 결코 유태인이 아니었을 것이다"라고 말한 바 있다. 타보리의 대부분의 작품은 유태인으로서 자신의 존재론적 인식과 불가분한 관계에 있다. 1992년 볼프 비어만은 타보리를 아직 생존해 있는 극소수 대표적인 유태인 망명자들 중의 한 사람으로 간주하며, "그와 같은 부류의 유태인 지식인들은 (…) 독일인, 오스트리아인, 헝가리인 혹은 프랑스인으로 느끼고, 그들 조상의 종교로부터 자유로움에도 불구하고 그들 민족의 정신적 전통에 깊이 뿌리박혀 있다"고 말한다. 이런 점에서 타보리는 1933년과 1945년 사이 망명 세대로서 해외 망명과 중부 유럽 문화 전통을 연결하는 마지막 증인들 중의 한 사람에 속한다고 할 수 있다.

DAAD(독일학술교류처)의 장학금을 받고 1971년 미국으로부터 독일로 이주해온 타보리는 1972년부터 튀빙겐, 본, 브레멘에서 연출 작업을 시작하였다. 1975년부터 1978년까지 브레멘에서 청년 배우 그룹과 공동 작업을 진행하면서 1976년에는 '브레멘 연극실험실'을 만들기도 하였다. 그의 새로운, 실험적 길은 배우들과의 지속적인 공동 작업으로 가능하였다.

1978년부터 1981년까지 뮌헨의 캄머슈필에서 활동할 당시 그는 새로운 공연 장소로서 '지하실, 교회, 지하 납골당'을 택하기도 하였다. 1980년 〈즐거운 축제〉로 영화감독으로 첫 데뷔를 하였는가 하면, 1982년부터는 객원 연출가로서 로터담, 보쿰, 쾰른, 베를린, 뮌헨의 캄머슈필에서 활동하고 있다. 특히 1984년 캄머슈필에서 연출한 『고도를 기다리며』로 대성공을 거두기도 하였다. 1986년에는 빈의 캄머오페라에서 『어릿광대』를 무대에 올려 각광을 받았으며, 오페라 연출가로서도 첫발을 내딛었다. 1987년 빈의 아카데미 극장에서 초연된 『나의 투쟁』은 지금까지도 지속적으로 공연될 정도로 큰 성공을 거두고 있는 작품이다. 1987년부터 1990년까지 타보리는 빈에서 '동아리Der Kreis'라는 극장을 직접 운영하기도 하였다. 여기에서는 규칙적으로 배우들의 재교육을 위한 세미나와 워크샵이 함께 진행되었다.

이렇듯 타보리는 극작가, 연출가, 극장장, 배우라는 활동을 이상적으로 통합시킨 브레히트 이후 독일어권의 독보적인 예술가들 중 한 사람으로 꼽힌다.

2. 앞의 타보리의 인생 역정에서 알 수 있듯 그의 작품 세계 역시 지속적인 변화를 거듭하고 있고 폭이 광대하다. 그런데 독일어권에서의 그의 작업은 이미 위에서도 지적한 바, 유태인 문제와 깊이 관련되어 있다. 『식인종들』이래로 유태인들, 유태인 운명, 대학살, 유태 민족의 역사, 구약의 이야기, 유태 종교, 전통적 관습 등이 그의 주된 주제인데, 이것들은 "음울한 유머schwarzer Humor"를 통해 무대화된다. 그에게 유머란 "삶의 길이며, 관용과 상당히 관련되어 있다. 유머는 직면한 문제로부터 한 걸음 물러서서 생각하게 할 뿐만 아니라, 낙관적인 면을 내포하고 있다. 유머는 살아남음의 길이며, 혹은 구제의 길이고, 종종 절망을 밝게 한다". 미국으로 이민하려는 도중 이집트에 머물고 마는 오스트리아인 가족의 비극을 다룬 『이집트로의 비행』을 타보리는 "아이러니한 비극ironische Tragödie"이라 칭하였다. 1968년 뉴욕에서 첫 공연되었을 당시 논쟁을 불러일으켰던 『식인종들』에 대해서도 작가는 "음울한 미사schwarze Messe"라는 말을 덧붙였다. 아우슈비츠에서의 식인 사건을 소재로 하고 있는 이 작품은 작가에 의하면 죽은 자들에 대한 경외감에서가 아닌 유머에서 출발하였다. 1970년대와 1980년대 그 자신의 연출로 독일과 오스트리아에서 초연된 『기념일』, 『나의 투쟁』, 『골드베르크-변주』에서도 타보리는 이른바 '음울한 유머'를 통해 관객들이 감상에 젖어

드는 데 일침을 가하였다. 타보리는 "아우슈비츠 이후 시를 쓴다는 것은 야만이다"라는 아도르노T. Adorno의 말이 지금까지 잘못 이해되고 있다고 본다. 그가 볼 때 아도르노가 말하고자 했던 것은 아우슈비츠에서 인간의 힘으로 가능하게 된 것뿐만 아니라 인간에게 실제가 된 것을 늘 의식적으로 인식하지 않고는 어떠한 예술작품도, 또한 어떠한 시도 생각할 수 없다는 것이다. 그래서 타보리에게는 과거에 대한 기억이 무엇보다 중요하다.

그런데 타보리는 2차 세계대전과 그것의 문제성을 드러내는 데 있어서 죽은 자들의 고통보다는 살아남은 자들의 고통에 더 관심을 둔다. 그가 볼 때 당시의 고통은 가해자와 희생자의 후세들에게 동일하게 부가되어 있는 역사의 짐이다. 이때 살아남은 자의 이야기는 기억 형태Erinnerungsform를 통해 형상화된다. 기억의 문화는 망각의 문화 또한 내포해야 하며, 희생자들 역시 삶을 위해 잊을 수 있기를 원한다는 것이다. 물론 이것은 가해자나 후세대가 과거를 망각해야 한다는 것과는 거리가 멀다. 망각하는 것은 역사적인 책임을 모면하려는 것에 다름 아니다. 타보리는 강제수용소를 지나간 기억으로만 머물게 하는 데 반대하며, 오히려 그것을 구체적, 감각적, 감정적으로 되돌아보아야 한다는 생각이다. 바로 연극은 고통 속에서 역사를 새로이 느낄 수 있게 하는 작업인 것이다. 즉, 감각화된 기억,

연극적 실체를 통하여 역사가 파악가능하고, 또한 그것에 대한 숙고가 가능하다고 보는 것이다. 그래서 "진정한 기억은 감각적인 기억으로만 가능하다. 과거를 극복하기 위해서는 우리가 그것을 피부, 코, 혀, 엉덩이, 팔, 배로 다시 체험하지 않고는 불가능하다"고 타보리는 분명히 말한다. 이러한 점에서 그의 연극은 고통을 체험하는 장소이다. 즉, 인간의 "생체기투성이의 사실 그대로"를 무대화하면서 상처를 건드리고, 고통을 준비하며, 고통을 가하려는 역사적 기억의 장소인 것이다.

예를 들어 『기념일』은 1983년 히틀러의 권력 장악 50주년 기념일에 즈음하여 첫 공연되었는데, 여기에서 작가는 역사를 그냥 망각해 버리려는 데에 문제를 제기하였다. 이 작품의 무대는 라인 지역의 공동묘지이다. 시대는 과거와 현재가 중첩되고, 범죄자의 장소에 유태인 희생자들을 불러들여 그들이 새롭게 역사와 맞닥뜨리게 한다. 그들의 지난 역사는 끝나지 않고 새로운 민족사회주의자들의 반유태주의 행동 속에서 지속되고 있기 때문이다. 고통스러운 꿈을 통해 지난 시절의 박해가 아직도 지속되고 있다는 것을 보여준다. 그러면 그 기억은 어떻게 없어지는가? 타보리는 한 에세이에서 다음과 같이 쓴 바 있다. "…우리는 우리가 제대로 기억한 것만을 잊을 수 있다. 그렇게 되기까지 고통스런 기억들은 우리에게 반복해서 떠오른다." 그에게 고통스러운 과거로부터의 해방은 기억에서 비롯한다. "기억의 연극", "감각적인 탈쇼크의 연극"이라고 불리는 타보리의 연극은 결국 "드라마와 치유 간의 오래된 결합"과 관련되어 있다. 즉, 억압되어 있는 것을 다시 표면으로 불러들이고, "감추어져 있는 것을 들추어내며, 거짓된 것에 문제를 제기하는" 것이다.

결국 타보리에게 희극과 유머는 일종의 경계를 무너뜨리려는 것으로서 겉보기에 이미 극복된 듯 보이는 아우슈비츠 문제를 새롭게 느끼게 하려는 시도에 속한다. 그는 관객에게 어떠한 관습화된 비탄도 요구하지 않으며, 이미 친숙한 것들을 벗어나게 하는 데 그 목적을 둔다. 그런데 유태인 대학살, 2차 세계대전의 상처 등과 같은 정치적인 문제를 다루는 데도 개인, 그것도 늘 자신의 이야기를 출발점으로 삼는 점이 타보리 작품의 특징에 속한다. 그는 개인으로부터 출발하면서 사회정치적 보편화의 문제로 나아가는 방식을 취한다. 연극이 보다 확대된 광범위한 보편화에서 출발할 경우 천편일률적인 표현으로 귀결되기 쉽다고 보기 때문이다. 무엇보다도 연극은 "인간적 관계에 대한 학습과정"이며, 구체적 인물들의 구체적 이야기에서 출발해야 한다는 생각이다. 타보리에게 한 인간에 대한 이야기야말로 보편 인간적인 이야기에 다름 아니다. "유태인 은어에 인간은 한 인간을 뜻하지 않고, 그야말로 아주 특별하고, 훌륭한 인간을 뜻한다"는 점에 타보리는 유의하는 것이다.

3. 타보리의 연극은 만프레트 브라운엑의 표현에 따르면 '경험의 연극, 배우 연극 그리고 서사극'의 전통과 밀접히 관련되어 있다. '경험의 연극'이란 전통적인 연극 체계와 작업 형태를 거부하는 그룹연극Gruppentheater으로 그룹의 육체적, 심리적 운동의 역동성으로부터 자발적으로 발전되는 경험의 계기들을 중요시한다. 이와 같은 연극들은 제례 혹은 의식에서 유래하며, 해프닝, 행위예술, 퍼포먼스 등의 형태를 띤다.

타보리는 뷔히너 상 연설문에서 "원초감정―사랑과 미움, 책임과 분노, 슬픔과 격노"를 문제로 삼으며, 이것을 형이상학적으로뿐만 아니라 자신의 생활사와 연결하여 다룬다는 점을 밝힌 바 있다. 이와 관련하여 그로토프스키의 예술적 활동과 타보리의 그것이 비교 대상이 된다. 둘 다 연극의 태고의 원류 형식, 즉 신화와 의식을 결합시키며, 연극의 '탈연극화'를 추구하고 '연극에 역행하는' 표현 가능성을 찾는다. 경험의 연극과 관련하여 타보리의 연극은 다시 프랑스의 극작가 아르또와도 비교된다. 아르또의 연극과 마찬가지로 타보리 역시 무의식 상태에 있는 것을 밖으로 드러내기 위해 충격을 통해 감정과 의식의 내면으로 뚫고 들어간다. 그런데 아르또가 보다 형이상학적이고, 추상적인 것을 밖으로 드러낸다면 타보리가 드러내는 숨겨진 것들은 훨씬 구체적인 문제들이다. 즉, 대학살, 반유태주의, 베트남 전쟁, 관계의 문제 및 가족의 문제 등이 그것이다.

브레히트와 그의 서사극 역시 타보리의 연극 작업과 밀접한 관련을 갖고 있다. 1947년 미국으로 건너간 무렵 타보리는 당시 다른 저명한 예술가들과 함께 브레히트와도 안면을 튼다. 그와 개인적으로 친밀하지는 않았지만 그와의 만남은 그의 극 발전에 결정적인 영향을 미친다. 타보리 스스로도 "브레히트를 모방하는 것에 대해 거부하였으나 그에게서 많은 것을 배웠다"고 고백한 바 있다. 서사극에서 사용되는 중간표제, 영사, 노래, 사회자, 조명의 교체, 게스투스 등은 타보리 연극에서도 두드러진 특징에 속한다. 브레히트와 마찬가지로 타보리 역시 연극을 하나의 학습과정으로 간주한다. 둘 다 관객의 적극성뿐만 아니라 관객 스스로 소재와 독자적으로 논쟁할 수 있도록 자극을 가한다. 특히 인물들 및 인물들의 역할 형성에 있어서 변증법적 관점이 두 사람에게 유사하다. 즉, 인물들을 형상화할 때 그 인물의 모순적 특징을 찾아내고, 그것을 뚜렷하게 밝혀낸다. 또한 배우들은 자신의 역할을 떠나, 자신의 역할을 해석하며, 다른 역할을 취하고, 직접적으로 관객에게 말을 하기도 한다. 연출 작업에 있어서도 타보리는 브레히트와 마찬가지로 시연에서 비로소 궁극적인 형태를 갖추어 나간다. 배우들과 함께 해결책을 찾고, 함께 무대화하는 것이다. 따라서 연출은 일종의 그룹작업에 해당한다. 여기에 그치지 않고 시연 이후에도 무대화 작업은 지속된다. "나는 열어 놓으며, 나의 텍스트를 궁극적인 것으로 여기지 않는다. 나의 해석이 무조건 가장 옳은 해석은 아니다. 연극은 나에게 자유와 질서, 즉흥성과 강압의 변증법을 탐구하기 위한 실험실이다"라고 타보리는 말한다. 그런데 브레히트가 외부세계, 즉 개인 대신에 사회적, 경제적 메카니즘과 권력 관계를 밝히는 데 집중하는 반면 타보리는 개인, 개인의 운명을 더 문제 삼는다.

배우 연극이란 특별한 방식으로 배우가 공연의 중심에 있는 연극을 말한다. 배우-연극에서는 배우가 갖는 개성의 발휘에서 힘이 발산된다. 그래서 배우의 기본 규칙, 즉 육체적 행위, 역할극이 배우 연극의 미학을 결정한다. 타보리는 이론 작업과 실제 작업에서 특히 배우에 집중한다. 연출가로서 연극 교육에 주목한 타보리는 연출가의 역할은 배우들의 역할 구축에 있어 배우들을 후원하는 데 있다고 본다. 배우가 자신의 역할에 동일화되기를 원하지만, 그 동일화는 자신의 역할로의 '소멸'이 아닌 인물과 배우의 '결합'에 있다. 배우들을 연습시킬 때에도 사실성과 자연스러움에 역점을 두며, 기술적인 완성도보다는 '상상력의 탐구'에 주력한다. 즉, 배우가 스스로 자신의 상상력을 발전시키고, 스스로 시험하고, 배우고, 자신의 신뢰감을 획득할 용기를 갖게 하는 것이다.

식인종들
Die Kannibalen

타보리의 『식인종들』은 독일에서 앞서 공연되었던 『안네 프랑크의 일기』와 롤프 호흐후트의 『대리인 *Der Stellvertreter*』, 페터 바이스의 『조사 *Die Ermittlung*』에 이어 아우슈비츠를 소재로 하고 있는 드문 작품 중의 하나이다. 그런데 『안네 프랑크의 일기』가 사실 그 자체를 전달하면서 관객들의 감성에 호소하는 극이었고, 호흐후트와 바이스의 작품이 수용자들로 하여금 객관적 사실을 직시하게 함으로써 정치적, 사회적 상황에 대한 통찰을 유도한 반면 타보리의 작품은 아주 새로운 형태의 아우슈비츠의 무대화이다. 타보리에게 있어 아우슈비츠와의 논쟁, 즉 과거 극복은 감성에의 호소나, 기록극이 의도하였던 바 정치적, 사회적 참여에 있지 않다. 그에게 극장은 법정도, 가르침의 성지도 아니다.

타보리는 먼저 기록극이 대상으로 삼지 않은 희생자들의 정신적 쇼크에 새로운 강조점을 둔다. 또한 호흐후트나 바이스의 경우 유태인들이 부차적 위치를 차지하고 있는데, 타보리는 희생자로서의 유태인들을 극의 중심에 둔다. 그렇다고 그가 유태인들을 감상적으로 미화시키려는 것은 결코 아니다. 1969년 베를린에서의 초청 공연 당시 항의하는 사태가 발생하였는데, 그것은 타보리가 살아남으려는 욕구에 사로잡혀 있는 아우슈비츠 수감자들의 '경멸과 혐오스러움' 까지도 형상화했기 때문이다.

또한 타보리는 "아우슈비츠 이후 불가능하게 된 것은 시詩라기보다는 오히려 감상성이자 경외이다. 죽은 자들의 고통으로 동정을 얻으려 하거나 완전히 내버려진 상태의 그들의 짓눌린 분노를 한탄하는 것은 죽은 자들에 대한 모욕이 될 것이다. 그 사건은 모든 눈물을 거두어간다"고 명백히 하였다. 이러한 입장으로부터 감상적으로 아우슈비츠에 접근하는 데 분명한 거리를 취하였다. 그러면 타보리는 아우슈비츠를 어떻게 무대화하고 있는가? 그에게 아우슈비츠의 무대화는 어떠한 방식으로 가능한가?

『식인종들』은 전통적인 모방 원칙을 따르지 않는다. 사건 진행, 시간, 공간, 인물은 다층적이며 개방적이다. 사실적 모사는 꿈, 회상, 성찰을 통해 갑작스럽게 중단되는가 하면, 심각한 내용은 익살, 그로테스크를 통해 무력해진다. 중심적인 사건과 인물은 극중극과 역할극을 통해 연속성과 동질성을 유지하지 못한다. 그럼에도 작가는 전통극에서의 종교적 휴머니즘 모델을 포기하지는 않는다. 예를 들어 이 작품의 중심인물인 온켈은 '상당히 허구화되고, 아우라를 지닌 인물eine stark fiktionalisierte und auratisierte Figur'에 속한다. 이 작품에 등장하는 다른 아우슈비츠 수감자들이 살아남으려는 욕구에만 사로잡혀 있다면 온켈은 끝까지 자신의 종교적 입장을 견지하며, 자신의 믿음을 관철시킨다.

『식인종들』은 작가가 작품의 첫머리에 미리 밝혀두고 있듯 작가의 개인사와 밀접히 관련된 작품이다. 작품의 중심인물인 온켈은 바로 작가의 아버지 코르넬리우스 타보리를 구현하고 있다. 또한 "사실을 알게 된 것은 두 명의 살아남은 자들 덕분이다"라고 함으로써 작품이 곧 실제 사건과 밀접하게 관련되어 있음을 예시한다.

총 2막으로 구성되어 있는 이 작품은 아우슈비츠에서 실제 있었다는 식인 사건을 소재로 하고 있다. 사건이 시작되는 장소는 강제수용소이다. 첫 장면은 "확성기에서 죽어가는 사람들이 자신들이 좋아하는 음식을 큰 소리로 외치는 소리"로 시작된다. 그런데 사건의 장소 가병사假兵舍는 플롯에 지나지 않는다. 시간 역시 과거, 현재, 극의 현실 등으로 다차원적이다.

　제일 먼저 등장하는 온켈은 흰 장갑을 손에 낀다. 흰 장갑은 그에 대한 상징이자, 그를 다른 인물들과 구별시키는 도구이기도 하다. 뚱뚱한 푸피가 몰래 숨겨 놓은 빵을 먹다 다른 수감자들에게 들켜 죽임까지 당한다. 빵을 빼앗는 와중에 일어난 사고였다. 이때 온켈만이 격투를 저지하며, 수감자들의 행위를 비난한다. 수감자들은 이에 그치지 않고 죽은 푸피를 요리하자는 데 합의한다. 파리 한 마리를 서로 잡으려 하는 데에서나, 요리법을 들을 때 마치 개들처럼 침을 질질 흘리는 모습에서 수감자들의 굶주림이 극한 상황이라는 것은 두말할 여지가 없다. 수감자들에게서 동물적인 본성 이외에 다른 인간적 모습이란 찾아보기 힘들다. 단지 온켈만이 수감자들의 야만적인 행위에 반기를 들고 저지하고 나선다. 수감자들 중에 가장 연장자인 온켈에게 이전에 다른 수감자들이 그를 신뢰한다는 표시로 칼을 맡겨 놓았었다. 모든 요리 준비를 마친 수감자들은 격투 끝에 그에게서 칼을 빼앗는다.

　바로 이 격투 장면으로부터 살아남은 두 사람, 히르쉴러와 헬타이의 대화가 이어진다. 이 두 사람은 수용소에서 살아남아 현재 안락한 생활을 유지하고 있다. 이들의 대화를 통해 앞의 사건은 이미 25년 전의 지난 이야기로 화한다. 그런데 이들은 아직 그 과거의 사건으로부터 자유롭지 못하다. 히르쉴러는 고기 먹는 일을 꺼려하며, 헬타이는 음식 먹을 때 칼을 보려 하지 않는다. 이 사실이 두 사람의 대화와 히르쉴러가 관객에게 직접 말을 하는 방식으로 전달된다.

이렇게 아무런 극적 변화 없이 무대가 현재가 되었다가 다시 과거 25년 전의 수용소로 옮겨진다. 온켈이 잠든 사이 푸피 요리를 시작한 수감자들은 오직 요리가 완성되는 데에만 연연한다. 여기에서 극중극이 도입된다. 극중극은 요리 완성에만 애타하는 수감자들의 지루함을 달래기 위한 방편과도 연결되어 있다. 극중극에서는 다른 무엇보다도 수감자들의 기본적인 욕구가 표출된다. 간소시지를 사려는 열망, 애정에 대한 갈구가 그것이다.

이러한 극중극 사이에도 에피소드가 개입한다. 즉, 랑에게 젖을 빨리던 어머니 역할의 하아스가 극으로부터 빠져나와 관객에게 직접 말을 한다. 본래 정치가였던 하아스가 어떠한 상황에서 체포되었고, 그의 특이한 성격이 어땠는지를 아무런 극적 연관 없이 들려준다. 이러한 방식으로 극적 오락과 사실적 진지함이 지그재그로 진행된다. 또 온켈은 하아스와 바이스의 애정 표현에 격분해 하며 그 자신도 극에 참여한다. 온켈은 계속 커피를 마시며, 자신의 주치의와 대화를 나눈다. 다른 수감자들이 극을 중지시킬 정도로 온켈은 지나치게 커피에 애착을 보인다. 그러다 돌연 자신의 역할을 벗어나, 아들, 즉 작가 타보리로, 또한 현재 진행되고 있는 연극의 배우로 화한다. 아들로서 온켈은 아버지의 마지막 모습을 추적하며, 배우로서 온켈은 히틀러 시대 배우로서의 어려움을 토로하기도 한다. 시간 역시 강제수용소의 현실이 아닌 연극의 현실로 새롭게 바뀐다. 이렇듯 과거와 현재, 역할극을 통한 인물들의 변화는 관객으로 하여금 끊임없이 극으로부터의 거리두기를 유도한다.

요리가 완성되어감에 따라 성급하게 서두르던 라마세더가 다른 수감자들에 의해 살해당하는 사건이 다시 발생한다. 죽은 라마세더는 다시 살아나 온켈과 마지막 대화를 나눈다. 라마세더는 온켈에게 존경심을 표현하는 동시에 그에 대한 이해하기 어려운 점 또한 토로한다. 즉, 온켈의 흰 장갑, 순종적으로 거리를 닦는 것, 나치에 대한 부드러운 표현인 "거위", "거위에 저항하는 유일한 방법은 가능한 한 거위처럼 되지 않는다"는 데에 문제를 제기한다. 이러한 라마세더의 의문은 아들 타보리가 아버지를 이해하려는 시도와 결부된 듯 보인다. 특히 아버지에 대한 작가의 시선은 "자기 새끼의 무덤을 만들어 주기 위해 뼈를 파헤치는 개"처럼 땅을 파 라마세더를 묻어 주었다는 표현에서도 잘 나타난다. 라마세더의 물음에 별다른 응답을 주지 못한 온켈의 태도가 2막 끝에 등장하는 쉬레킹어의 대화에서 재차 논의된다.

1막은 클라움의 "청소"라는 명령에 따라 모두 일렬로 무릎을 꿇고 바닥을 닦는 것으로 끝난다. 이 장면은 나치 시대에 거리를 청소한 유태인의 굴욕상을 뜻하는 듯 보인다.

2막에서도 온켈은 본래의 인물 이외에도 아들로서 또는 배우로서의 역할을 넘나든다. 첫 장면에서 온켈은 아버지 타보리의 아들로서 히르쉴러에게 아버지의 마지막 모습에 대해 묻는다. 이는 다시 아버지의 죽음을 이해하려는 작가의 의도를 드러내는 것으로 보인다. 그런데 작가는 죽은 자들에 대한 살아있는 자들의 '동정심', '정의감', '사랑'을 원치 않는다. 오히려 죽임을 당한 아버지의 아들로서 작가는 죽은 유태인들의 '자존심'을 문제로 삼는다.

1막에서는 굶주린 수감자들이 식인종들로 변모되는 상황이 무대화되고 있다면, 2막에서는 과연 본래 누가 식인종인가가 새롭게 제기된다. 2막에서 온켈은 1막에서와는 달리 모래를 손에 들고 등장하며 그것으로 사람들을 괴롭힌다. 자신의 꿈 이야기를 들려주는 온켈 역시 복수의 신에 다름 아니다. 온켈의 꿈에 수감자들은 집에 돌아가 어머니와 재회한다. 어머니와의 재회는 각기 다르다. 집시는 따뜻하게 받아들여지는 반면, 랑은 자신의 종양을 보이며 위로를 기대한다. 바이스는 결혼한 동성을 소개하며, 글라츠는 어머니를 "욕심 많은 마녀"로 생각한다. 그런데 꿈 역시 연속되지 않고 과거로 회귀되거나 극의 현실이 되기도 한다. 즉, 1막에서와 유사하게 살아남은 자, 히르쉴러가 관객에게 직접 말을 한다. 현재 그는 정신요법을 받고 있다. 전쟁의 기억, 자신이 가해자라는 죄책감에 시달리고 있기 때문이다. 꿈 이야기를 무대화하는 중에 글라츠는 과거로 회귀하여 자신이 밀고자였다는 사실을 드러낸다. 이 지점에서 작가 타보리의 기지가 발휘된다. 글라츠가 밀고자였다는 사실을 알고 다른 사람들이 그에게 분노를 터트리고 위협적인 태도를 취할 때 그를 감싸던 온켈이 "자제력을 잃고 자신의 역할에서 벗어나 격분하여 글라츠에게 성큼성큼 걸어가 일격을 가한다".

온켈의 꿈 이야기는 그 자신이 제공하는 식사에의 초대에서 정점을 이룬다. 그가 마련한 식탁은 1막에서의 푸피 요리를 연상시키는 인육이다. "여기 뇌가 든 주발, 반죽하여 황갈색으로 튀긴 것… 여기 눈이 든 접시… 여기 찐 콩팥… 그리고 여기 커다란 은 튀김판 위에 피 소스가 떠다니고, 등에는 번호를 새긴 문신!"이라고 말하며, 온켈은 푸피를 기다리도록 한다. 그런데 푸피 대신에 그의 아들이 참석하여 "저희 아버지는 어디에 계시죠?"라고 묻는다. 이렇게 하여 온켈이 수감자들의 행위를 반추시켰다면 뒤이어 클라웁의 반격이 시작된다. 푸피의 물음에 "우리가 그를 다 먹어치우고 배설까지 해버렸소"라고 대답하며 클라웁은 온켈의 행위를 문제 삼는다. 가축 운반용 화물열차를 타고 이동하던 중 수감자들은 탈출 계획을 세웠다. 계획은 주도면밀하게 진행되었고, 탈출의 기회 또한 주어졌었다. 보초병을 죽이고 도망하면 되는 일이었으나, 그것이 온켈의 저지로 무산되고 말았다. 더구나 그 화물열차에 탄 사람들은 질식하거나 발작을 일으킬 정도로 참혹하였다. 그런데 온켈은 살인에 반대하며, "신의 떠벌이는 장사"를 벌였다. "저항 없이 그냥 받아들이지 않겠다"는 주장과 온켈의 저항이 서로 맞서게 되었던 것이다. 클라웁은 온켈이 탈출을 저지하여 결국 "샤워실"로 표현되는 가스실로 수감자들을 이끌었다고 주장하며 다른 사람들을 선동한다. 여기에서도 작가의 극적 기지가 발휘된다. 클라웁의 선동에 따라 수감자들은 온켈에게 집단적인 구타를 가한다. 배우들이 자신의 역할을 잊어버린 상황이 발생하고, 무대감독이 무대로 달려 나와 서로 싸우는 자들을 경고하며 떼어 놓는 해프닝이 연출된다. 이 장면에 이어 온켈은 아들로서 아버지에 대해 말을 하기 시작한다. 아버지는 유태교인이었으며, "언제나 식탐이 적으신 분"이었다는 것이다.

이렇게 꿈, 과거의 기억, 성찰 등이 무대화되다가 갑작스럽게 바이스가 요리가 완성되었다고 말한다. 여기에서 2막은 다시 1막과 내용적으로 결부된다. 요리가 완성되자 돌연 수감자들은 먹으려 하지 않으며 죽음을 준비한다. 그것이 립스틱을 바르는 것으로 아이러니하게 표현된다. 이때 하사관을 동반한 독일인 장교 쉬레킹어가 등장한다. 그의 등장은 가스실 해당자 선발을 뜻한다. 수감자들의 나이를 묻던 쉬레킹어는 푸피가 없어졌으며, 그가 요리되었다는 사실을 알아채고, 식탁을 준비토록 한다. 그 사이에 쉬레킹어는 관객에게 직접 말을 한다. 쉬레킹어는 아버지와 아들로서 역할을 넘나드는데, 아들은 아버지에게 전쟁 중에 뭘 하였는지를 묻는다. 말하자면 후세대가 전쟁 세대에게 묻는 물음이라고 할 만하다. 아버지는 아들의 물음에 대한 직접적인 답변은 회피한 채 자신의 전쟁 악몽을 고백한다. 그와 함께 죽은 온켈을 연상시키는 유태인 노인의 저항적 행위가 그를 통해 토로된다. 자신의 명령을 좇아 그대로 행했던 노인에게서 그는 범접하기 어려운 '인간적' 차별성을 느꼈고, 그것이 지속적으로 그의 뇌리에 남아 저항하고 있는 것이다. 여기에서 앞서 라마세더가 제기하였던 온켈의 행위가 간접적으로 해명되는 듯하다. "늘 손가락으로 가리키지, 너, 너, 너다!"라는 표현으로 작가는 아버지의 저항이 아직도 작용하고 있는 것으로 이해하려는 듯 보인다.

극이 끝나면서 식인종들은 오히려 살아남은 자들에게로 향해진다. 수감자들 중에 인육을 먹은 두 사람이 살아남았고, 동시에 먹기를 강요한 쉬레킹어가 게걸스럽게 먹는 모습과 동시에 무대의 빛이 꺼지기 때문이다.

1914년 5월 24일, 부다페스트에서 아버지 코르넬리우스 타
보리와 어머니 엘자의 둘째 아들로 태어남.

1932~35년, 호텔 분야 전문 교육을 받기 위해 베를린과 드레
스덴에 체류.

1935년, 부다페스트로 귀환한 후 저널리스트와 번역가로 활동.

1936년, 형과 함께 런던으로 이민.

1939~1941년, 불가리아와 터키에서 헝가리와 스웨덴 신문
의 해외 특파원으로 활동.

1941년, 영국 시민권 획득, 근동 지역 영국 군대의 비밀정보
기관 및 BBC의 전쟁 특파원으로도 활동.

1943년, 영국으로 귀환.

1945년, 첫번째 소설 『돌 아래 전갈 *Beneath the Stone the
Scorpion*』과 『왼손의 챔피언 *Companions of the Left
Hand*』 출간.

1947년, 소설 『원죄*Original Sin*』 출간. 헐리우드 시나리오 작가에 응모하여 당선, 미국으로 이주.

1950년, 미국, 영국, 프랑스에 체류하며 요셉 로세, 알프레트 히치콕 등의 시나리오 작가로 활동.

1952년, 첫 극작품 『이집트로의 비행』이 뉴욕에서 초연(연출: 엘리아 카잔).

1953년, 두번째 극작품 『황제의 의상』이 뉴욕에서 초연. 배우 비베카 린트포스와 결혼.

1958년, 페터 홀이 런던에서 타보리의 『격론*Brouhaha*』을 무대에 올림.

1962년, 미국에서 '브레히트-밤Brecht on Brecht' 개최.

1968년, 『식인종들』이 뉴욕에서 초연(연출: 마틴 프리트).

1969년, 위의 작품 베를린 초청 공연.

1970년, 『핑크빌레*Pinkville*』 뉴욕에서 초연(연출:마틴 프리트).

1971년, 위의 작품 베를린에서 초청 공연.

1971년, DAAD의 장학금을 받고 독일로 이주.

1972~1978년, 튀빙겐, 본, 브레멘에서 연출 작업.

1975~1978년, 브레멘에서 청년 배우 그룹과 공동 작업.

1976년, '브레멘 연극 실험실' 창설.

1978~1981년, 뮌헨의 캄머슈필에서 연출 작업.

1980년, 〈즐거운 축제*Frohes Fest*〉로 영화감독으로 데뷔.

1982년, 로터담, 보쿰, 쾰른, 베를린, 뮌헨 캄머슈필의 객원
　　　연출가로 활동.

1984년, 『고도를 기다리며』로 대성공을 거둠.

1985년, 배우 우어줄라 헤프너와 결혼.

1986년, 빈 캄머 오페라에서 〈어릿광대 *Der Bajazzo*〉로 첫
　　　오페라 연출 데뷔.

1987년, 『나의 투쟁 *Mein Kampf*』 빈 아카데미 테아터에서
　　　초연.

1987~1990년, '동아리'로 개칭한 포르젤란가세에 있는 빈
　　　극장의 극장장.

1991년, 『골드베르크-변주곡 *Die Goldberg-Variationen*』 빈
　　　아카데미 테아터에서 초연.

1993년, 『어떤 스파이를 위한 미사 *Requiem für einen
　　　Spion*』 빈 아카데미 테아터에서 초연.

  옮긴이가 베를린에 있을 무렵 타보리의 『나의 투쟁』은 장기
공연되던 작품 중의 하나였다. 그래서 그의 『식인종들』 역시
막연하게 흥미로운 작품이겠거니 생각하고 거리낌 없이 번역
에 착수하였다. 그런데 나의 선입견은 시간이 지날수록 고통으
로 자리잡아갔다. 작품의 무게가 버거운 데다 사건 진행 역시
종잡기가 힘들었다. 지문을 통한 예시도 없이 사건이 갑작스럽
게 바뀌는가 하면, 같은 인물이 다른 역으로 등장하기 때문이
었다. 다시 말해 극중극, 역할극이 옮긴이가 사건을 따라가고
인물을 붙잡기에 곤혹스러운 부분이었다. 아마도 작가의 기지
와 재치가 옮긴이에게는 벅찬 대상이었던 듯싶다. 그럼에도 작
품에 대한 대략적인 윤곽이 잡혀가면서 극적 묘미가 조금씩 느
껴졌다. 아마도 연극에 깊은 관심이 있는 사람들이라면 한번쯤
무대화를 시도해 보고자 할 것 같다. 단순한 사건임에도 불구
하고 다층적인 사건 전개, 다변화되는 극중 역할 등이 연출 면

에서나 배우의 기능 면에서 복합성을 띠고 있기 때문이다.

상업적인 목적에서라면 감히 우리에게 선보이기 힘들었던 작품이 소개된 데 감사의 마음을 전하며, 동시에 무대화의 가능성도 열려 있어 다른 사람들도 공유하고 논의되는 작품이 되길 바라는 마음이다.

독일현대희곡선 II 총서 기획 이정준

식인종들

1판 1쇄 인쇄 2004년 9월 8일
1판 1쇄 발행 2004년 9월 15일

지은이 조지 타보리 옮긴이 김화임
펴낸이 서정돈 펴낸곳 성균관대학교 출판부
편집 전수련 디자인 강민주 마케팅 주혁상 관리 김지현

등록 1975년 5월 21일 제 1975-9호
주소 110-745 서울특별시 종로구 명륜동 3가 53
전화 02)760-1252~4 팩스 02)762-7452
홈페이지 www7.skku.ac.kr/skkupress

값 8,000원

ISBN 89-7986-563-5 04850
       89-7986-562-7 (세트2-2)

잘못된 책은 구입한 곳에서 교환해 드립니다.